Dino Buzzati
Nouvelles

Extraites du *K*, traduction de Jacqueline Remillet,
© Robert Laffont

Texte intégral

LE DOSSIER
**Des nouvelles fantastiques
à valeur de fable**

L'ENQUÊTE
La société italienne depuis 1945

Notes et dossier
Patrick Quérillacq
certifié de lettres modernes
agrégé d'arts plastiques

Collection dirigée par
Bertrand Louët

Sommaire

OUVERTURE
Qui sont les personnages ?............ 4
Quelles sont les histoires ?........... 6
Qui est l'auteur ?.................... 8
Que se passe-t-il à l'époque ? 9

Rome, promenade en Vespa, années 1950.

© Hatier, Paris, 2010
ISBN : 978-2-218-94331-7

Nouvelles

Le Veston ensorcelé 12
L'Œuf. 23
Douce Nuit. 35
Jeune fille qui tombe… tombe. 42
Chasseurs de vieux 49

LE DOSSIER
Des nouvelles fantastiques à valeur de fable

Repères. 62
Parcours de l'œuvre 66
Textes et image 80

L'ENQUÊTE
La société italienne depuis 1945 84

Petit lexique littéraire 95
À lire 96

* Tous les mots suivis d'un * sont expliqués p. 95.

Nouvelles

Qui sont les personnages ?

Le Veston ensorcelé

LE NARRATEUR
Employé soumis à la tentation de l'argent facile, il y succombe et en sera puni. Le tentateur (le diable) apparaît sous les traits d'Alfonso Corticella, un inquiétant tailleur qui fournit au héros un veston dont la poche est un puits de richesses sans fond.

L'Œuf

GILDA SOSO
Femme de ménage, elle représente les classes sociales les plus basses, obéissantes, humiliées et pauvres, qui un jour se révoltent pour leur dignité. Buzzati donne à Gilda des pouvoirs surnaturels et meurtriers pour lui permettre de réparer une injustice subie par sa fille.

OUVERTURE

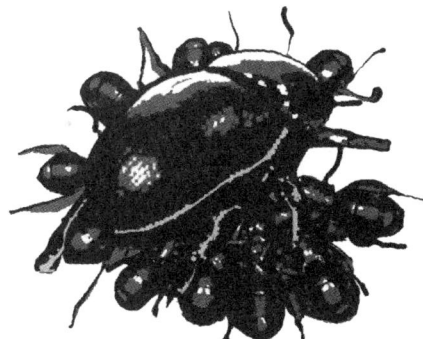

Douce Nuit

MARIA ET CARLO
Ils sont mari et femme.
Elle est intuitive et inquiète.
Il est calme et serein. Mais les vrais
personnages de la nouvelle sont
les insectes et les autres animaux
qui dans le jardin s'entre-tuent.

Jeune fille qui tombe... tombe

MARTA
Le parcours de cette jeune fille qui tombe... tombe du haut
d'un building et repousse toutes les invitations qui lui sont
faites dans l'espoir d'en trouver de plus extraordinaires,
est la métaphore de la vie de tous ceux qui passent leur vie
à manquer des occasions.

Chasseurs de vieux

ROBERTO SAGGINI ET SERGIO RÉGORA
Ils sont les deux faces d'une même médaille
et illustrent le conflit des générations, la révolte
(très violente ici) des jeunes (Régora) contre
les vieux (Saggini)... jusqu'à ce que le jeune
devienne vieux à son tour.

Nouvelles

Quelles sont les histoires ?

Les circonstances

Les nouvelles* de Dino Buzzati sont ancrées dans leur temps – l'époque et le lieu de leur écriture : les années cinquante et soixante à Milan, où Buzzati vit et travaille. Pour autant, si l'on excepte *Le Veston ensorcelé*, l'auteur ne donne aucune indication précise.

L'action

Le Veston ensorcelé : chaque fois qu'il plonge sa main dans la poche de son nouveau veston, il en ressort des billets. Mais cet argent miraculeux a une origine : c'est l'argent du crime et du malheur. Pour autant, le narrateur continue de puiser dans la poche diabolique. Enfin, pris de remords, il décide de brûler le veston…

L'Œuf : pour la chasse aux œufs de Pâques organisée pour les enfants de la haute société, Gilda Soso, femme de ménage, fait passer sa petite fille pour une enfant de famille riche. Lorsque la supercherie est découverte, on reprend à la petite l'œuf en carton coloré qu'elle a trouvé. Gilda refuse cette humiliation…

OUVERTURE

Douce Nuit : Maria n'arrive pas à dormir. Elle a l'intuition qu'il se passe des choses dehors. Son mari la rassure : tout est parfaitement paisible. Oui, mais, dans l'obscurité du jardin, insectes, araignées, escargots et crapauds tuent ou sont tués, torturés, massacrés...

Jeune fille qui tombe... tombe : tout en haut d'un gratte-ciel, Marta, 19 ans, attirée par les richesses de la ville, se penche un peu trop et tombe. Les riches habitants des étages supérieurs l'invitent à se joindre à eux, mais elle préfère continuer sa chute pour rejoindre la fête que l'on donne au rez-de-chaussée...

Chasseurs de vieux : au-delà de 40 ans, il ne fait pas bon traîner dehors la nuit. Des bandes de jeunes prennent en chasse les vieux. C'est ce qui arrive à Roberto Saggini, qui fuit toute la nuit devant Sergio Régora et sa bande...

Le but

Dans ces nouvelles, Buzzati veut avant tout, ainsi qu'il le dit lui-même, « raconter des histoires ». On y trouve néanmoins ses obsessions : le temps, le destin, les relations humaines ou encore les questions sociales. Buzzati utilise le fantastique pour introduire un élément perturbateur dans le quotidien, pour délivrer un message ou pour révéler un problème.

Nouvelles

Qui est l'auteur ?

Dino Buzzati (1906-1972)

● UN JOURNALISTE

En 1928, à 22 ans, Dino Buzzati entre au *Corriere della sera*, grand quotidien de Milan, où il restera jusqu'à sa mort, plus de 40 ans plus tard. Au sein de ce journal, il s'occupe aussi bien des faits-divers que de l'actualité ; il est correspondant de guerre en 1939 et 1940, journaliste sportif sur le Giro (le tour d'Italie cycliste) ou aux Jeux Olympiques, critique d'art... Il y fait presque tout, y compris publier dans les pages culturelles du journal la plupart des nouvelles qui feront sa célébrité.

● UN ÉCRIVAIN

Écrire un article et écrire une nouvelle, pour Dino Buzzati, c'est toujours écrire. Il publie son premier roman en 1933 et acquiert une célébrité internationale avec la parution en 1940 du *Désert des Tartares*, roman sur l'histoire de soldats qui attendent en vain l'ennemi. Les sujets traités par Buzzati tout au long de son œuvre sont déjà là : l'attente, le temps qui passe, le destin, les occasions manquées, la solitude, la mort, mais aussi la difficulté des relations humaines ou les problèmes sociaux. Pour illustrer ces thèmes, Buzzati a souvent recours à la forme de la nouvelle fantastique* : un personnage ordinaire confronté à une situation extraordinaire.

● UN ARTISTE

Buzzati écrit aussi des pièces de théâtre, de la poésie, des livres pour enfants ou des livrets d'opéra ; il illustre lui-même certains de ses livres, expose sa peinture, dessine des décors pour l'opéra, publie une bande dessinée... Dino Buzzati touche à tout, avec toujours le même objectif : « Que je peigne ou que j'écrive, je poursuis toujours le même but qui est de raconter des histoires. »

VIE DE BUZZATI	1906 Naissance le 16 octobre	1928 Entre au *Corriere della sera*	1933 Premier roman publié, *Barnabo des montagnes*	1939 Correspondant de guerre en Éthiopie puis dans la Marine	1940 *Le Désert des Tartares*, succès international	1942 Premier recueil de nouvelles
HISTOIRE	1922 Marche sur Rome, Mussolini au pouvoir	1935 Guerre et colonisation de l'Éthiopie par l'Italie	1939 Seconde Guerre mondiale	1940 Entrée en guerre de l'Italie le 10 juin	1945 Exécution de Mussolini par les partisans italiens le 28 avril	1946 Proclamation de la République italienne

OUVERTURE

Que se passe-t-il à l'époque ?

Sur le plan politique

● L'ITALIE FASCISTE
Lorsque Dino Buzzati devient journaliste et écrivain, l'Italie est fasciste, gouvernée par Benito Mussolini. Alliée à l'Allemagne nazie pendant la Seconde Guerre mondiale, l'Italie perd la guerre et Mussolini est exécuté en 1945.

● DE LA RECONSTRUCTION À LA CONTESTATION
Après la guerre, la République est proclamée et est dominée par le parti de la démocratie chrétienne pendant quarante ans.
Dans les années 1950-1960, l'Italie se reconstruit, le niveau de vie augmente et les Italiens découvrent « le miracle économique ».
Les transformations de la société s'accompagnent de fortes inégalités et de revendications sociales et politiques : grèves générales, manifestations étudiantes, développement du terrorisme...

Les lettres et les arts

● NEORÉALISME ET COMÉDIE À L'ITALIENNE
Contrairement à Buzzati, les néoréalistes italiens pensent que l'artiste doit représenter la réalité telle qu'elle est, de façon presque documentaire, sans rien gommer de la difficile réalité sociale des années 1940-1950.
En réaction à cette noirceur naît la « comédie à l'italienne » qui, durant les années 1950-1970, regardera la société italienne d'un œil satirique.

● MARCEL AYMÉ
En France, Marcel Aymé poursuit le même but que Buzzati avec les mêmes moyens : écriture de romans, de théâtre et de nouvelles, avec un goût marqué pour des récits fantastiques où un homme ordinaire se trouve confronté à une situation exceptionnelle.

1945
La Fameuse invasion de la Sicile par les ours, roman pour la jeunesse

1955
Grand succès en France de sa pièce de théâtre *Un Cas difficile* (adaptée par A. Camus)

1966
Le K

1969
Première bande dessinée, *Poèmes-Bulles*

1972
Mort de Buzzati le 28 janvier

1957
Traité de Rome instituant la CEE (Italie, France, Allemagne et Benelux)

1967-1969
Mouvements étudiants de contestation

1969
Grève générale automne

1969
Attentat d'extrême droite à Milan (premier d'une longue série). Début des « années de plomb ».

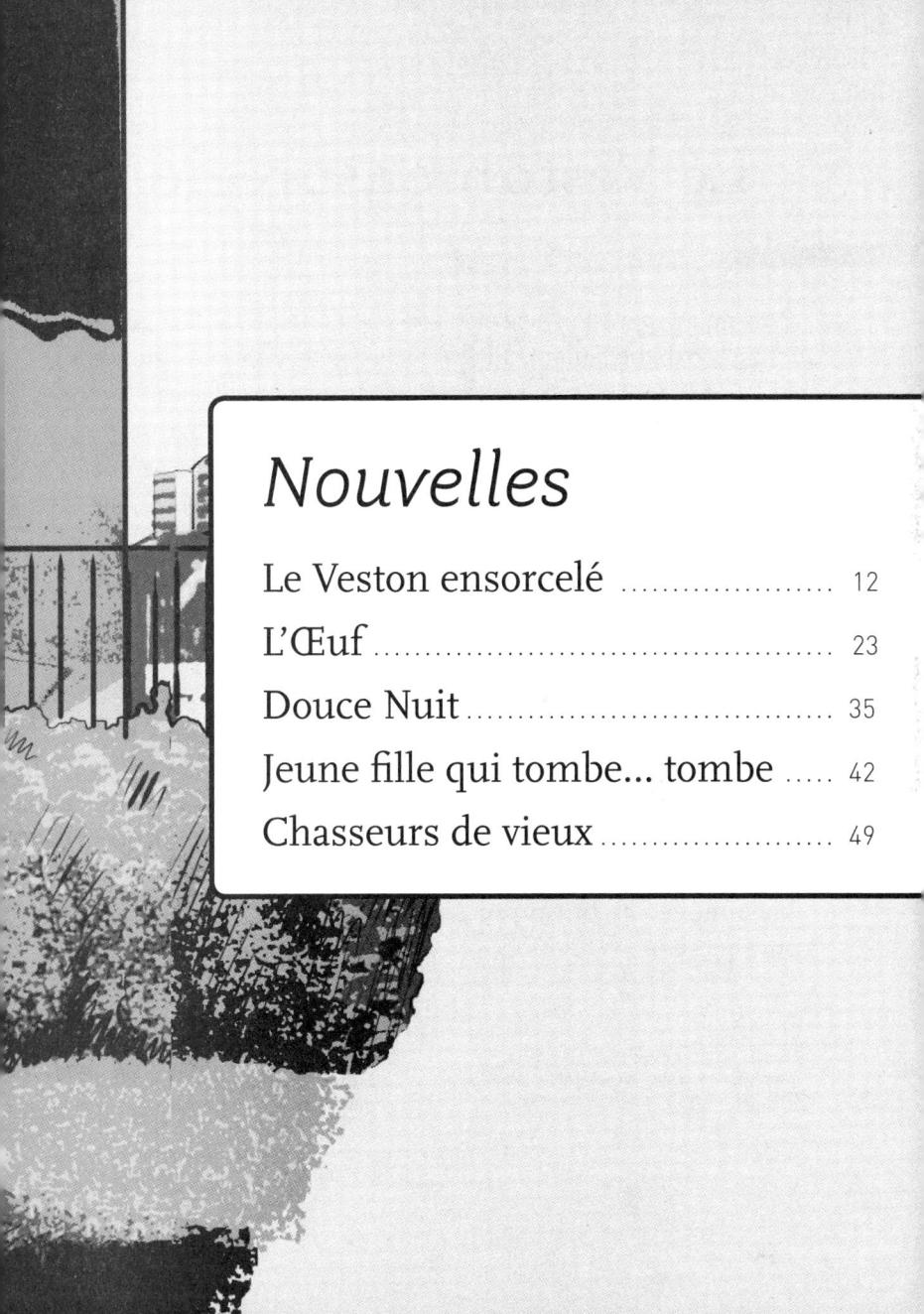

Nouvelles

Le Veston ensorcelé 12
L'Œuf 23
Douce Nuit 35
Jeune fille qui tombe... tombe 42
Chasseurs de vieux 49

Nouvelles

Le Veston ensorcelé

Bien que j'apprécie l'élégance vestimentaire, je ne fais guère attention, habituellement, à la perfection plus ou moins grande avec laquelle sont coupés les complets[1] de mes semblables.

Un soir pourtant, lors d'une réception dans une maison de
5 Milan, je fis la connaissance d'un homme qui paraissait avoir la quarantaine et qui resplendissait littéralement à cause de la beauté linéaire, pure, absolue de son vêtement.

Je ne savais pas qui c'était, je le rencontrais pour la première fois et pendant la présentation, comme cela arrive toujours, il
10 m'avait été impossible d'en comprendre le nom. Mais à un certain moment de la soirée je me trouvai près de lui et nous commençâmes à bavarder. Il semblait être un homme poli et fort civil[2] avec toutefois un soupçon de tristesse. Avec une familiarité peut-être exagérée – si seulement Dieu m'en avait préservé ! – je lui fis
15 compliments pour son élégance ; et j'osai même lui demander qui était son tailleur•.

L'homme eut un curieux petit sourire, comme s'il s'était attendu à cette question.

---

1. **Complet** : costume composé de trois pièces (pantalon, veste et gilet) taillées dans le même tissu.
2. **Civil** : qui observe les usages du savoir-vivre.

● Dans les années cinquante, il n'est pas rare de se faire faire un costume chez un tailleur plutôt que de l'acheter dans un magasin de prêt-à-porter. On dit alors que le costume est fait « sur mesure ».

« Presque personne ne le connaît, dit-il, et pourtant c'est un grand maître. Mais il ne travaille que lorsque ça lui chante. Pour quelques clients seulement.

– De sorte que moi... ?

– Oh ! vous pouvez essayer, vous pouvez toujours. Il s'appelle Corticella, Alfonso Corticella, rue Ferrara au 17.

– Il doit être très cher, j'imagine.

– Je le pense, oui, mais à vrai dire je n'en sais rien. Ce costume il me l'a fait il y a trois ans et il ne m'a pas encore envoyé sa note.

– Corticella ? Rue Ferrara, au 17, vous avez dit ?

– Exactement », répondit l'inconnu.

Et il me planta là pour se mêler à un autre groupe.

Au 17 de la rue Ferrara je trouvai une maison comme tant d'autres, et le logis d'Alfonso Corticella ressemblait à celui des autres tailleurs. Il vint en personne m'ouvrir la porte. C'était un petit vieillard aux cheveux noirs qui étaient sûrement teints.

À ma grande surprise, il ne fit aucune difficulté. Au contraire il paraissait désireux de me voir devenir son client. Je lui expliquai comment j'avais eu son adresse, je louai[1] sa coupe et lui demandai de me faire un complet. Nous choisîmes un peigné[2] gris puis il prit mes mesures et s'offrit de venir pour l'essayage, chez moi. Je lui demandai son prix. Cela ne pressait pas, me répondit-il, nous nous mettrions toujours d'accord. Quel homme sympathique ! pensai-je tout d'abord. Et pourtant plus tard, comme je rentrai chez moi, je m'aperçus que le petit vieux m'avait produit un malaise (peut-être à cause de ses sourires trop insistants et

---

1. **Louer** : exprimer son admiration.
2. **Peigné** : tissu fait de fils de laine longs, à l'aspect lisse.

Nouvelles

trop doucereux[1]). En somme je n'avais aucune envie de le revoir. Mais désormais le complet était commandé. Et quelque vingt jours plus tard il était prêt.

Quand on me le livra, je l'essayai, pour quelques secondes, devant mon miroir. C'était un chef-d'œuvre. Mais je ne sais trop pourquoi, peut-être à cause du souvenir du déplaisant petit vieux, je n'avais aucune envie de le porter. Et des semaines passèrent avant que je me décide.

Ce jour-là, je m'en souviendrai toujours. C'était un mardi d'avril et il pleuvait. Quand j'eus passé mon complet – pantalon, gilet et veston – je constatai avec plaisir qu'il ne me tiraillait pas et ne me gênait pas aux entournures comme le font toujours les vêtements neufs. Et pourtant il tombait à la perfection.

Par habitude je ne mets rien dans la poche droite de mon veston, mes papiers je les place dans la poche gauche. Ce qui explique pourquoi ce n'est que deux heures plus tard, au bureau, en glissant par hasard ma main dans la poche droite, que je m'aperçus qu'il y avait un papier dedans. Peut-être la note du tailleur ?

Non. C'était un billet de dix mille lires●.

Je restai interdit[2]. Ce n'était certes pas moi qui l'y avais mis. D'autre part il était absurde de penser à une plaisanterie du tailleur Corticella. Encore moins à un cadeau de ma femme de ménage, la seule personne qui avait eu l'occasion de s'approcher du complet après le tailleur. Est-ce que ce serait un billet de la Sainte Farce[3] ?

---

1. **Doucereux** : d'une douceur hypocrite, désagréable.
2. **Interdit** : stupéfait.
3. **Un billet de la Sainte Farce** : prospectus ou imprimé ayant l'aspect d'un billet de banque. Par extension, faux billet.

● Depuis 2001, l'Italie et la France ont l'euro pour monnaie. Auparavant, la monnaie française était le franc et l'italienne la lire. Dans les années soixante, à l'époque du texte, un billet de 10 000 lires correspondait à peu près à un billet de 100 euros d'aujourd'hui.

LE VESTON ENSORCELÉ

Je le regardai à contre-jour, je le comparai à d'autres. Plus authentique que lui c'était impossible.

L'unique explication, une distraction de Corticella. Peut-être qu'un client était venu lui verser un acompte[1], à ce moment-là il n'avait pas son portefeuille et, pour ne pas laisser traîner le billet, il l'avait glissé dans mon veston pendu à un cintre. Ce sont des choses qui peuvent arriver.

J'écrasai la sonnette pour appeler ma secrétaire. J'allais écrire un mot à Corticella et lui restituer cet argent qui n'était pas à moi. Mais, à ce moment, et je ne saurais en expliquer la raison, je glissai de nouveau ma main dans ma poche.

« Qu'avez-vous, monsieur ? Vous ne vous sentez pas bien ? » me demanda la secrétaire qui entrait alors.

J'avais dû pâlir comme la mort. Dans la poche mes doigts avaient rencontré les bords d'un morceau de papier qui n'y était pas quelques instants avant.

« Non, non, ce n'est rien, dis-je, un léger vertige. Ça m'arrive parfois depuis quelque temps. Sans doute un peu de fatigue. Vous pouvez aller, mon petit, j'avais à vous dicter une lettre mais nous le ferons plus tard. »

Ce n'est qu'une fois la secrétaire sortie que j'osai extirper la feuille de ma poche. C'était un autre billet de dix mille lires. Alors, je fis une troisième tentative. Et un troisième billet sortit.

Mon cœur se mit à battre la chamade[2]. J'eus la sensation de me trouver entraîné, pour des raisons mystérieuses, dans la ronde

---

1. **Acompte** : paiement partiel effectué au moment d'une commande.
2. **Battre la chamade** : battre de façon accélérée suite à une vive émotion.

Nouvelles

d'un conte de fées comme ceux que l'on raconte aux enfants et
que personne ne croit vrais.

Sous le prétexte que je ne me sentais pas bien, je quittai mon bureau et rentrai à la maison. J'avais besoin de rester seul. Heureusement la femme qui faisait mon ménage était déjà partie. Je fermai les portes, baissai les stores et commençai à extraire les billets l'un après l'autre aussi vite que je le pouvais, de la poche qui semblait inépuisable.

Je travaillai avec une tension spasmodique[1] des nerfs dans la crainte de voir cesser d'un moment à l'autre le miracle. J'aurais voulu continuer toute la soirée, toute la nuit jusqu'à accumuler des milliards. Mais à un certain moment les forces me manquèrent.

Devant moi il y avait un tas impressionnant de billets de banque. L'important maintenant était de les dissimuler, pour que personne n'en ait connaissance. Je vidai une vieille malle pleine de tapis et, dans le fond, je déposai par liasses les billets que je comptai au fur et à mesure. Il y en avait largement pour cinquante millions●.

Quand je me réveillai le lendemain matin, la femme de ménage était là, stupéfaite de me trouver tout habillé sur mon lit. Je m'efforçai de rire, en lui expliquant que la veille au soir j'avais bu un verre de trop et que le sommeil m'avait surpris à l'improviste[2].

Une nouvelle angoisse : la femme se proposait pour m'aider à enlever mon veston afin de lui donner au moins un coup de brosse.

---

1. **Spasmodique** : agité de secousses, qui se manifeste par accès soudains et violents.
2. **À l'improviste** : sans crier gare, de façon soudaine et imprévue.

● Si 10 000 lires font 100 euros, 50 millions de lire font 500 000 euros : il suffit de diviser par 100. À toi de faire l'opération dans la suite du texte.

Le Veston ensorcelé

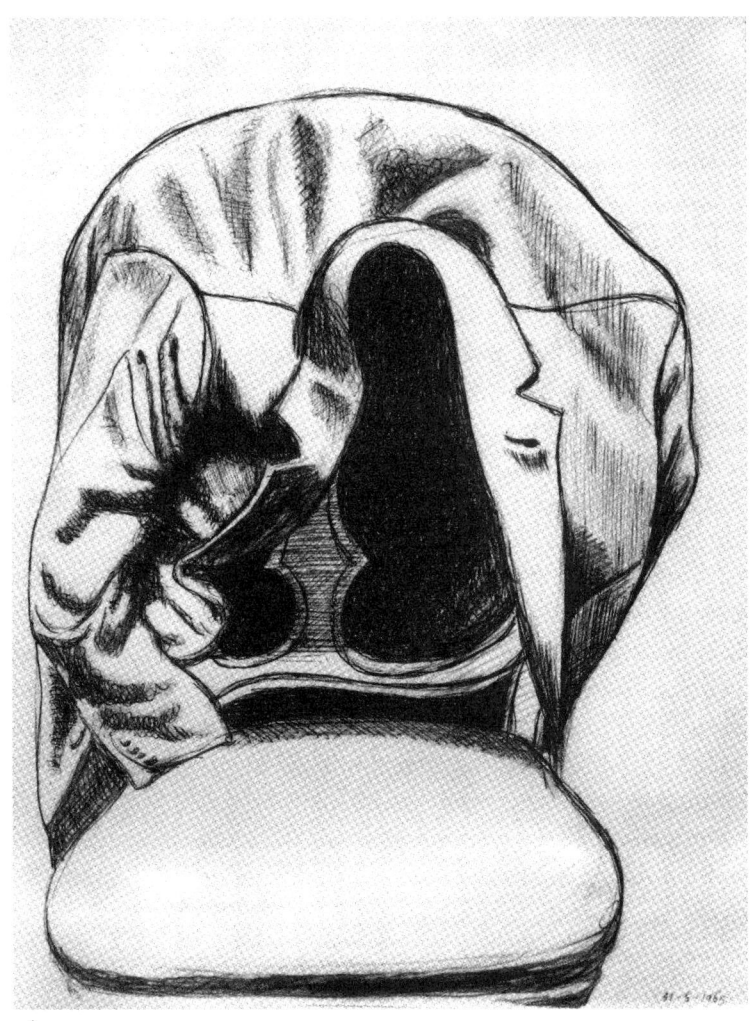

Dino Buzzati (1906-1972), Giacca, encre de chine sur papier, 1965.

Je répondis que je devais sortir tout de suite et que je n'avais pas le temps de me changer. Et puis je me hâtai vers un magasin de confection● pour acheter un vêtement semblable au mien en tous points ; je laisserai le nouveau aux mains de ma femme de ménage ; le mien, celui qui ferait de moi en quelques jours un des hommes les plus puissants du monde, je le cacherai en lieu sûr.

Je ne comprenais pas si je vivais un rêve, si j'étais heureux ou si au contraire je suffoquais[1] sous le poids d'une trop grande fatalité[2]. En chemin, à travers mon imperméable, je palpais continuellement l'endroit de la poche magique. Chaque fois je soupirais de soulagement. Sous l'étoffe le réconfortant froissement du papier-monnaie me répondait.

Mais une singulière coïncidence[3] refroidit mon délire joyeux. Sur les journaux du matin de gros titres : l'annonce d'un cambriolage survenu la veille occupait presque toute la première page. La camionnette blindée d'une banque qui, après avoir fait le tour des succursales, allait transporter au siège central les versements de la journée, avait été arrêtée et dévalisée rue Palmanova par quatre bandits. Comme les gens accouraient, un des gangsters, pour protéger sa fuite, s'était mis à tirer. Un des passants avait été tué. Mais c'est surtout le montant du butin qui me frappa : exactement cinquante millions (comme les miens).

Pouvait-il exister un rapport entre ma richesse soudaine et le hold-up de ces bandits survenu presque en même temps ?

---

1. Je suffoquais : j'avais la sensation d'être étouffé.
2. Fatalité : ce qui est fatal, qui ne peut pas manquer d'arriver.
3. Coïncidence : fait d'avoir lieu en même temps.

● Le tailleur fait des vêtements sur mesure ; le magasin de confection est un magasin de prêt-à-porter, autrement dit de vêtements déjà faits, comme ceux qu'il est d'usage d'acheter aujourd'hui.

Le Veston ensorcelé

Cela semblait ridicule de le penser. Et je ne suis pas superstitieux. Toutefois l'événement me laissa très perplexe[1].

Plus on possède et plus on désire. J'étais déjà riche, compte tenu de mes modestes habitudes. Mais le mirage d'une existence de luxe effréné[2] m'éperonnait[3]. Et le soir même je me remis au travail. Maintenant je procédais avec plus de calme et les nerfs moins tendus. Cent trente-cinq autres millions s'ajoutèrent au trésor précédent.

Cette nuit-là je ne réussis pas à fermer l'œil. Était-ce le pressentiment d'un danger ? Ou la conscience tourmentée de l'homme qui obtient sans l'avoir méritée une fabuleuse fortune ? Ou une espèce de remords confus ? Aux premières heures de l'aube je sautai du lit, m'habillai et courus dehors en quête d'un journal.

Comme je lisais, le souffle me manqua. Un terrible incendie provoqué par un dépôt de pétrole qui s'était enflammé avait presque complètement détruit un immeuble dans la rue de San Cloro, en plein centre. Entre autres, les coffres d'une grande agence immobilière qui contenaient plus de cent trente millions en espèces avaient été détruits. Deux pompiers avaient trouvé la mort en combattant le sinistre[4].

Dois-je maintenant énumérer un par un tous mes forfaits[5] ? Oui, parce que désormais je savais que l'argent que le veston me procurait venait du crime, du sang, du désespoir, de la mort, venait de l'enfer. Mais insidieusement[6] ma raison refusait railleusement

---

1. **Perplexe** : qui est embarrassé, dans le doute.
2. **Effréné** : sans limites.
3. **M'éperonnait** : me poussait à aller de l'avant.
4. **Sinistre** : catastrophe.
5. **Forfait** : crime.
6. **Insidieusement** : de façon trompeuse.

Nouvelles

d'admettre une quelconque responsabilité de ma part. Et alors la tentation revenait, et alors ma main – c'était tellement facile – se glissait dans ma poche et mes doigts, avec une volupté[1] soudaine, étreignaient les coins d'un billet toujours nouveau. L'argent, le
170 divin argent !

Sans quitter mon ancien appartement (pour ne pas attirer l'attention) je m'étais acheté en peu de temps une grande villa, je possédais une précieuse collection de tableaux, je circulais en automobile de luxe● et, après avoir quitté mon emploi « pour
175 raison de santé », je voyageais et parcourais le monde en compagnie de femmes merveilleuses.

Je savais que chaque fois que je soutirais de l'argent de mon veston, il se produisait dans le monde quelque chose d'abject[2] et de douloureux. Mais c'était toujours une concordance vague[3], qui
180 n'était pas étayée[4] par des preuves logiques. En attendant, à chacun de mes encaissements, ma conscience se dégradait, devenait de plus en plus vile[5]. Et le tailleur ? Je lui téléphonai pour lui demander sa note mais personne ne répondit. Via Ferrara on me dit qu'il avait émigré, il était à l'étranger, on ne savait pas où. Tout conspi-
185 rait pour me démontrer que, sans le savoir, j'avais fait un pacte avec le démon●.

---

1. **Volupté** : plaisir.
2. **Abject** : ignoble.
3. **Concordance vague** : relation peu évidente.
4. **Étayé** : soutenu.
5. **Vil** : abject, infâme, ignoble.

● L'automobile, et notamment les voitures de luxe, est une spécialité italienne : Fiat, Maserati, Lancia, Alfa Romeo, Autobianchi et bien sûr Ferrari sont des marques italiennes.

● Le pacte avec le démon est un classique de la littérature fantastique, depuis le Faust de Goethe, qui vend son âme au diable pour connaître les plaisirs du monde.

LE VESTON ENSORCELÉ

Cela dura jusqu'au jour où dans l'immeuble que j'habitais depuis de longues années, on découvrit un matin une sexagénaire retraitée asphyxiée par le gaz ; elle s'était tuée parce qu'elle avait perdu les trente mille lires de sa pension● qu'elle avait touchée la veille (et qui avaient fini dans mes mains).

Assez, assez ! pour ne pas m'enfoncer dans l'abîme, je devais me débarrasser de mon veston. Mais non pas en le cédant à quelqu'un d'autre, parce que l'opprobre[1] aurait continué (qui aurait pu résister à un tel attrait ?). Il devenait indispensable de le détruire.

J'arrivai en voiture dans une vallée perdue des Alpes. Je laissai mon auto sur un terre-plein[2] herbeux et je me dirigeai droit sur le bois. Il n'y avait pas âme qui vive. Après avoir dépassé le bourg, j'atteignis le gravier de la moraine[3]. Là, entre deux gigantesques rochers, je tirai du sac tyrolien l'infâme veston, l'imbibai d'essence et y mis le feu. En quelques minutes il ne resta que des cendres.

Mais à la dernière lueur des flammes, derrière moi – à deux ou trois mètres aurait-on dit –, une voix humaine retentit : « Trop tard, trop tard ! » Terrorisé je me retournai d'un mouvement brusque comme si un serpent m'avait piqué. Mais il n'y avait personne en vue. J'explorai tout alentour sautant d'une roche à l'autre, pour débusquer[4] le maudit qui me jouait ce tour. Rien. Il n'y avait que des pierres.

---

1. **Opprobre** (nom commun masculin) : ignominie, infamie.
2. **Terre-plein** : étendue de terrain un peu surélevée. Talus.
3. **Moraine** : roches situées en bord de glacier.
4. **Débusquer** : obliger quelqu'un qui cherche à se dissimuler à sortir de sa cachette.

● Jusqu'en 1969, en Italie, le droit à la retraite ne touchait pas toutes les professions de la même manière et les pensions de retraite étaient souvent très faibles.

Nouvelles

Malgré l'épouvante que j'éprouvais, je redescendis dans la vallée, avec une sensation de soulagement. Libre finalement. Et riche, heureusement.

Mais sur le talus, ma voiture n'était plus là. Et lorsque je fus rentré en ville, ma somptueuse villa avait disparu ; à sa place un pré inculte[1] avec l'écriteau « Terrain communal à vendre. » Et mes comptes en banque, je ne pus m'expliquer comment, étaient complètement épuisés. Disparus de mes nombreux coffres-forts les gros paquets d'actions. Et de la poussière, rien que de la poussière, dans la vieille malle.

Désormais j'ai repris péniblement mon travail, je m'en tire à grand-peine, et ce qui est étrange, personne ne semble surpris par ma ruine subite.

Et je sais que ce n'est pas encore fini. Je sais qu'un jour la sonnette de la porte retentira, j'irai ouvrir et je trouverai devant moi ce tailleur de malheur, avec son sourire abject, pour l'ultime règlement de comptes.

1. **Inculte** : non cultivé.

L'Œuf

Dans le jardin de la villa Royale, la Croix Violette Internationale● organisa une grande chasse à l'œuf● réservée aux enfants âgés de moins de douze ans. Prix du billet, vingt mille lires●.

Les œufs étaient cachés sous des meules de foin. Et puis on donnait le départ. Et tous les œufs qu'un enfant réussissait à découvrir étaient à lui. Il y avait des œufs de tous genres et de toutes dimensions : en chocolat, en métal, en carton, contenant de très beaux objets.

Gilda Soso, femme de ménage, en entendit parler chez les Zernatta, où elle travaillait. Mme Zernatta devait y conduire ses quatre enfants, ce qui faisait en tout quatre-vingt mille lires.

Gilda Soso, vingt-cinq ans, pas belle mais pas laide non plus, petite, menue, le visage vif, pleine de bonne volonté mais aussi de désirs réprimés[1] – avec une fille de quatre ans en plus, une

---

1. Désirs réprimés : désirs que l'on empêche de s'extérioriser.

● La Croix Violette Internationale est une invention de Buzzati, calquée sur les œuvres de bienfaisance chrétiennes, menées par des dames patronnesses qui venaient en aide aux familles pauvres qu'elles jugeaient méritantes.

● La chasse à l'œuf est une tradition dans les pays catholiques. Les cloches de Pâques, qui sonnent pour fêter la résurrection de Jésus-Christ, sont censées voler dans la ville et déposer sur leur passage des œufs en chocolat.

● La lire était la monnaie italienne avant la mise en place de l'euro. Dans les années soixante, 20 000 lires correspondaient à peu près à 200 euros d'aujourd'hui.

Nouvelles

gracieuse créature sans père hélas ! – pensa y emmener la petite.

Le jour venu, elle mit à Antonella son petit manteau neuf, et son chapeau de feutre qui la faisait ressembler aux fillettes des patrons.

Gilda, elle, ne pouvait pas ressembler à une dame, ses vêtements étaient trop râpés. Elle fit quelque chose de mieux : avec une espèce de coiffe elle s'arrangea à peu près comme une nurse[1] et si on ne la regardait pas sous le nez on pouvait très bien la prendre pour une de ces bonnes d'enfants de luxe, de celles qui sont diplômées de l'école de Genève ou de Neuchâtel●.

C'est ainsi qu'elles se rendirent en temps voulu à l'entrée de la villa Royale. Là, Gilda s'arrêta, regardant tout autour d'elle comme si elle était une nurse qui attendait sa patronne. Et les voitures de maîtres arrivaient et déversaient les enfants riches qui allaient faire la chasse à l'œuf. Mme Zernatta arriva aussi avec ses quatre enfants et Gilda se retira à l'écart pour ne pas se faire voir.

Est-ce que Gilda se serait donné tout ce mal pour rien ? Le moment de confusion[2] et de remue-ménage sur lequel elle comptait pour pouvoir entrer gratis avec la petite ne semblait guère devoir se produire.

La chasse à l'œuf commençait à trois heures. À trois heures moins cinq une automobile de type présidentiel arriva, c'était la femme d'un ministre important, venue tout exprès de Rome avec ses deux enfants. Alors le président, les conseillers et les dames

---

1. **Nurse** : mot d'origine anglaise. Domestique chargée de s'occuper des enfants. Gouvernante.
2. **Confusion** : désordre.

● Genève et Neuchâtel sont des villes suisses.

patronnesses[1] de la Croix Violette Internationale se précipitèrent à la rencontre de la femme du ministre pour lui faire les honneurs et la confusion désirée se produisit enfin, plus forte encore qu'elle ne l'avait souhaitée.

Ce qui permit à la femme de ménage Gilda camouflée en nurse de pénétrer dans le jardin avec sa fille, et elle lui faisait mille recommandations pour qu'elle ne se laissât pas intimider par les enfants plus âgés et plus rusés qu'elle.

On voyait dans les prés, irrégulièrement disposées, des meules de foin, grandes et petites, par centaines. L'une d'elles avait au moins trois mètres de haut, qui sait ce qui pouvait bien être caché dessous, rien peut-être.

Le signal fut donné par une sonnerie de trompette, le ruban qui marquait la ligne de départ tomba et les enfants partirent en chasse avec des hurlements indescriptibles.

Mais les enfants des riches intimidaient la petite Antonella. Elle courait çà et là sans savoir se décider et pendant ce temps-là les autres fouillaient dans les tas de foin, certains couraient déjà vers leur maman en serrant dans leurs bras de gigantesques œufs en chocolat ou en carton multicolores qui renfermaient qui sait quelles surprises.

Finalement, Antonella elle aussi, plongeant sa petite main dans le foin, rencontra une surface lisse et dure, à en juger d'après la courbure, ce devait être un œuf énorme. Folle de joie elle se mit à crier : « Je l'ai trouvé ! Je l'ai trouvé ! » et elle cherchait à saisir l'œuf mais un petit garçon plongea la tête la première, comme font

---

1. **Dame patronnesse** : femme qui se consacre à des œuvres de bienfaisance.

Nouvelles

les joueurs de rugby et immédiatement Antonella le vit s'éloigner portant sur ses bras une sorte de monument ; et il lui faisait par-dessus le marché des grimaces pour la narguer.

Comme les enfants sont rapides ! À trois heures on avait donné le signal du départ, à trois heures un quart tout ce qu'il y avait de beau et de bon avait déjà été ratissé. Et la petite fille de Gilda, les mains vides, regardait autour d'elle pour chercher sa maman habillée en nurse, bien sûr elle ressentait un grand désespoir mais elle ne voulait pas pleurer, à aucun prix, quelle honte avec tous ces enfants qui pouvaient la voir. Chacun désormais avait sa proie, qui plus qui moins, Antonella était seule à ne rien avoir du tout.

Il y avait une petite fille de six, sept ans qui peinait à porter toute seule ce qu'elle avait ramassé. Antonella la regardait ébahie.

« Tu n'as rien trouvé, toi ? lui demanda l'enfant blonde avec politesse.

– Non, je n'ai rien trouvé.

– Si tu veux, prends un de mes œufs.

– Je peux ? lequel ?

– Un des petits.

– Celui-ci ?

– Oui, d'accord, prends-le.

– Merci, merci, tu sais, fit Antonella, déjà merveilleusement consolée, comment tu t'appelles ?

– Ignazia », dit la blondinette.

À ce moment une dame très grande qui devait être la maman d'Ignazia intervint :

« Pourquoi as-tu donné un œuf à cette petite ?

– Je ne lui ai pas donné, c'est elle qui me l'a pris, répondit vivement Ignazia avec cette mystérieuse perfidie[1] des enfants.

– Ce n'est pas vrai ! cria Antonella. C'est elle qui me l'a donné. »

C'était un bel œuf de carton brillant qui s'ouvrait comme une boîte, il y avait peut-être dedans un jouet ou un service de poupée ou une trousse à broderie.

Attirée par la dispute une dame de la Croix Violette tout habillée de blanc s'approcha, elle pouvait avoir une cinquantaine d'années.

« Eh bien, qu'arrive-t-il, mes chères petites ? demanda-t-elle en souriant, mais ce n'était pas un sourire de sympathie. Vous n'êtes pas contentes ?

– Ce n'est rien, ce n'est rien, dit la maman d'Ignazia. C'est cette gamine, je ne la connais même pas, qui a pris un œuf à ma fille. Mais cela ne fait rien. Qu'elle le garde. Allons, Ignazia, viens ! »

Et elle partit avec la petite.

Mais la dame patronnesse ne considéra pas l'incident comme clos[2].

« Tu lui as pris un œuf ? demanda-t-elle à Antonella.

– Non, c'est elle qui me l'a donné.

– Ah ! vraiment ? Et comment t'appelles-tu ?

– Antonella.

– Antonella comment ?

– Antonella Soso.

– Et ta maman ? hein ? où est ta maman ? »

---

1. **Perfidie** : caractère de ce qui est trompeur.
2. **Clos** : fini.

Nouvelles

À ce moment précis Antonella s'aperçut que sa maman était présente. Immobile, à quatre mètres de là, elle assistait à la scène.

« Elle est là », dit la petite.

Et elle fit un signe.

« Qui ça ? Cette femme, là ? demanda la dame.

– Oui.

– Mais ce n'est pas ta gouvernante[1] ? »

Gilda alors s'avança :

« C'est moi sa maman. »

La dame la dévisagea perplexe[2] :

« Excusez-moi, madame, mais vous avez votre billet ? Est-ce que cela vous ennuierait de me le montrer ?

– Je n'ai pas de billet, dit Gilda en se plaçant aux côtés d'Antonella.

– Vous l'avez perdu ?

– Non. Je n'en ai jamais eu.

– Vous êtes entrée en fraude[3], alors ? Cela change tout. Dans ce cas, ma petite, cet œuf ne t'appartient pas. »

Avec fermeté elle lui enleva l'œuf des mains.

« C'est inconcevable[4], dit-elle, veuillez me faire le plaisir de sortir immédiatement. »

La petite resta là pétrifiée et sur son visage on pouvait lire une telle douleur que le ciel entier commença à s'obscurcir.

---

1. **Gouvernante** : nurse.
2. **Perplexe** : sans savoir quelle décision prendre.
3. **En fraude** : par tromperie, sans payer.
4. **Inconcevable** : qui ne peut pas se concevoir. Impensable.

Alors, comme la dame patronnesse s'en allait avec l'œuf, Gilda explosa, les humiliations, les douleurs, les rages, les désirs refoulés depuis des années furent les plus forts. Et elle se mit à hurler, elle couvrit la dame d'horribles gros mots qui commençaient par p, par b, par t, par s et par d'autres lettres de l'alphabet.

Il y avait beaucoup de monde, des dames élégantes de la meilleure société avec leurs bambins chargés d'œufs étourdissants. Quelques-unes s'enfuirent horrifiées. D'autres s'arrêtèrent pour protester :

« C'est une honte ! C'est un scandale ! Devant tous ces enfants qui écoutent ! arrêtez-la !

– Allez, dehors, dehors, ma fille, si vous ne voulez pas que je vous dénonce », commanda la dame.

Mais Antonella éclata en sanglots d'une façon si terrible qu'elle aurait attendri même des pierres. Gilda était désormais hors d'elle, la rage, la honte, la peine lui donnaient une énergie irrésistible :

« Vous n'avez pas honte, vous, d'enlever son petit œuf à ma fille qui n'a jamais rien. Vous voulez que je vous dise ? Eh bien, vous êtes une garce. »

Deux agents arrivèrent et saisirent Gilda aux poignets.

« Allez, ouste, dehors et plus vite que ça ! »

Elle se débattait.

« Laissez-moi, laissez-moi, sales flics, vous êtes tous des salauds. »

On lui tomba dessus, on la saisit de tous les côtés, on l'entraîna vers la sortie :

Nouvelles

« Suffit, maintenant tu vas venir avec nous au commissariat, tu te calmeras au violon[1], ça t'apprendra à insulter les représentants de l'Ordre. »

Ils avaient du mal à la tenir bien qu'elle fût menue.

« Non, non ! hurlait-elle. Ma fille, ma petite fille ! laissez-moi, espèces de lâches ! »

La petite s'était agrippée à ses jupes, elle était ballottée çà et là dans le tumulte, au milieu de ses sanglots elle invoquait frénétiquement sa maman.

Ils étaient bien une dizaine tant hommes que femmes à s'acharner contre elle :

« Elle est devenue folle. La camisole de force ! À l'infirmerie ! »

La voiture de police était arrivée, ils ouvrirent les portes, soulevèrent Gilda à bout de bras. La dame de la Croix Violette saisit énergiquement la fillette par la main.

« Maintenant tu vas venir avec moi. Je lui ferai donner une leçon moi, à ta maman ! »

Personne ne se rappela que dans certains cas une injustice peut déchaîner une puissance effrayante.

« Pour la dernière fois laissez-moi ! hurla Gilda tandis qu'on tentait de la hisser dans le fourgon. Laissez-moi ou je vous tue.

– Oh ! ça suffit ces simagrées[2] ! emmenez-la ! ordonna la dame patronnesse, occupée à dompter la petite.

---

1. **Violon (argotique)** : cellule d'un poste de police (les barreaux faisant penser aux cordes de violon).
2. **Simagrées** : attitude destinée à se faire valoir, se mettre en avant.

L'ŒUF

– Ah ! c'est comme ça, eh bien ! crève donc la première, sale bête, fit Gilda, en se débattant plus que jamais.

– Mon Dieu ! gémit la dame en blanc et elle s'affaissa par terre inanimée.

– Et maintenant, toi qui me tiens les mains, c'est ton tour ! » fit la femme de ménage.

Il y eut une mêlée confuse de corps puis un agent tomba du fourgon, mort, un autre roula lourdement au sol tout de suite après que Gilda lui eut jeté un mot.

Ils se retirèrent avec une terreur obscure. La maman se retrouva seule entourée d'une foule qui n'osait plus.

Elle prit par la main Antonella et avança sûre d'elle :

« Laissez-moi passer. »

Ils s'effacèrent, en faisant la haie, ils n'avaient plus le courage de la toucher, ils la suivirent seulement, à une vingtaine de mètres derrière elle tandis qu'elle s'éloignait. Entre-temps, dans la panique générale de la foule, des camionnettes de renforts étaient arrivées dans un vacarme de sirènes d'ambulances et de pompiers. Un sous-commissaire prit la direction des opérations. On entendit une voix :

« Les pompes ! les gaz lacrymogènes ! »

Gilda se retourna fièrement :

« Essayez un peu pour voir si vous en avez le courage. »

C'était une maman offensée et humiliée, c'était une force déchaînée de la nature.

Un cercle d'agents armés la cerna.

« Haut les mains, malheureuse ! »

Un coup de semonce retentit.

Nouvelles

« Ma fille, vous voulez la tuer elle aussi ? cria Gilda. Laissez-moi passer. »

Elle avança imperturbable. Elle ne les avait même pas touchés qu'un groupe de six agents tombèrent raides en tas.

225 Et elle rentra chez elle. C'était un grand immeuble de la périphérie, au milieu des terrains vagues●. La force publique se déploya tout autour.

Le commissaire avança avec un mégaphone[1] électrique : cinq minutes étaient accordées à tous les locataires de la maison pour 230 évacuer les lieux ; et on intimait à la maman déchaînée de livrer l'enfant, sous menace de représailles[2].

Gilda apparut à la fenêtre du dernier étage et cria des mots que l'on ne comprenait pas. Les rangs des agents reculèrent tout à coup comme si une masse invisible les repoussait.

235 « Qu'est-ce que vous fabriquez ? serrez les rangs ! » tonnèrent les officiers.

Mais les officiers eux aussi durent reculer en trébuchant.

Dans l'immeuble désormais il ne restait que Gilda avec son enfant. Elle devait être en train de préparer leur dîner car un mince 240 filet de fumée sortait d'une cheminée.

Autour de la maison des détachements du 7ᵉ régiment de cuirassiers[3] formaient un large anneau tandis que descendait le soir.

---

1. **Mégaphone** : appareil qui sert à amplifier la voix.
2. **Représailles** : violence que l'on fait subir en réponse à une action que l'on juge mauvaise.
3. **Régiment de cuirassiers** : régiment blindé.

● Dans les années cinquante et soixante, pour loger les dizaines de milliers de personnes mal logées dans les grandes villes du nord de l'Italie, les municipalités construisent de grandes barres en banlieue sur d'anciens terrains agricoles devenus terrains vagues.

L'ŒUF

Gilda se mit à la fenêtre et cria quelque chose. Un pesant char d'assaut commença à vaciller puis se renversa d'un seul coup. Un deuxième, un troisième, un quatrième. Une force mystérieuse les secouait çà et là comme des joujoux en fer-blanc puis les abandonnait immobiles dans les positions les plus incongrues[1], complètement démantibulés[2].

L'état de siège fut décidé. Les forces de l'ONU intervinrent. La zone environnante fut évacuée dans un vaste rayon. À l'aube le bombardement commença.

Accoudée à un balcon, Gilda et la petite regardaient tranquillement le spectacle. On ne sait pourquoi mais aucune grenade ne réussissait à frapper la maison. Elles explosaient toutes en l'air, à trois, quatre cents mètres. Et puis Gilda rentra parce que Antonella effrayée par le bruit des explosions s'était mise à pleurer.

Ils l'auraient par la faim et la soif. Les canalisations d'eau furent coupées. Mais chaque matin et chaque soir la cheminée soufflait son petit filet de fumée, signe que Gilda faisait son repas.

Les généralissimes[3] décidèrent alors de lancer l'attaque à l'heure X. À l'heure X la terre, à des kilomètres autour, trembla, les machines de guerre avancèrent concentriquement dans un grondement d'apocalypse.

Gilda parut à la fenêtre :

« Ça suffit ! cria-t-elle. Vous n'avez pas fini ? Laissez-moi tranquille ! »

---

1. Incongru : bizarre et inconvenant.
2. Démantibulé : disloqué.
3. Généralissime : chef suprême des armées en temps de guerre.

● L'ONU, Organisation des Nations unies, a été fondée en 1945, après la Seconde Guerre mondiale, pour éviter qu'il y ait de nouvelles guerres. En 1956, l'ONU crée la FUNU, Force d'urgence des Nations unies, dont le rôle est d'intervenir dans les conflits.

Nouvelles

Le déploiement des chars d'assaut ondula comme si une vague invisible les heurtait, les pachydermes[1] d'acier porteurs de mort se contorsionnèrent dans d'horribles grincements, se transformant en monceaux[2] de ferraille.

Le secrétaire général de l'ONU demanda à la femme de ménage quelles étaient ses conditions de paix : le pays était désormais épuisé, les nerfs de la population et des forces armées avaient craqué.

Gilda lui offrit une tasse de café et puis lui dit :

« Je veux un œuf pour ma petite. »

Dix camions s'arrêtèrent devant la maison. On en tira des œufs de toutes les dimensions, d'une beauté fantastique afin que l'enfant pût choisir. Il y en avait même un en or massif incrusté de pierres précieuses, d'un diamètre de trente-cinq centimètres au moins.

Antonella en choisit un petit en carton de couleur semblable à celui que la dame patronnesse lui avait enlevé.

1. **Pachyderme** : se dit des animaux à la peau épaisse, comme l'éléphant, et par métaphore, ici, pour les blindés.
2. **Monceaux** : tas.

Douce Nuit

Elle eut, dans son sommeil, un faible gémissement.

À la tête de l'autre lit, assis sur le divan, il lisait à la lumière concentrée d'une petite lampe. Il leva les yeux. Elle eut un léger frémissement, secoua la tête comme pour se libérer de quelque chose, ouvrit les paupières et fixa l'homme avec une expression de stupeur, comme si elle le voyait pour la première fois. Et puis elle eut un léger sourire.

« Qu'y a-t-il, chérie ?

– Rien, je ne sais pas pourquoi mais je ressens une espèce d'angoisse, d'inquiétude...

– Tu es un peu fatiguée du voyage, chaque fois c'est la même chose et puis tu as un peu de fièvre, ne t'inquiète pas, demain ce sera passé. »

Elle se tut pendant quelques secondes, en le fixant toujours, les yeux grands ouverts. Pour eux qui venaient de la ville, le silence de la vieille maison de campagne était vraiment exagéré. Un tel bloc hermétique[1] de silence qu'il semblait qu'une attente y fût cachée, comme si les murs, les poutres, les meubles, tout, retenaient leur respiration.

Et puis elle dit, paisible :

« Carlo, qu'y a-t-il dans le jardin ?

– Dans le jardin ? »

---

1. **Hermétique** : parfaitement clos, qui ne laisse rien passer.

Nouvelles

    – Carlo, je t'en prie, puisque tu es encore debout, est-ce que tu ne voudrais pas jeter un coup d'œil dehors, j'ai comme la sensation que...

    – Qu'il y a quelqu'un ? Quelle idée ! Qui veux-tu qu'il y ait dans le jardin en ce moment ? Les voleurs ? » Et il rit. « Ils ont mieux à faire, les voleurs, que de venir rôder autour de vieilles bicoques comme celle-ci.

    – Oh ! je t'en prie, Carlo, va jeter un coup d'œil. »

    Il se leva, ouvrit la fenêtre et les volets, regarda dehors, resta stupéfait. Il y avait eu de l'orage l'après-midi et maintenant dans une atmosphère d'une incroyable pureté, la lune sur son déclin éclairait de façon extraordinaire le jardin, immobile, désert et silencieux parce que les grillons et les grenouilles faisaient justement partie du silence.

    C'était un jardin très simple : une pelouse bien plane avec une petite allée aux cailloux blancs qui formait un cercle et rayonnait dans différentes directions : sur les côtés seulement il y avait une bordure de fleurs. Mais c'était quand même le jardin de son enfance, un morceau douloureux de sa vie, un symbole de la félicité[1] perdue, et toujours, dans les nuits de lune, il semblait lui parler avec des allusions passionnées et indéchiffrables. Au levant[2], à contre-jour et sombre par conséquent, se dressait une barrière de charmes taillée en arches, au sud une haie basse de buis[3], au nord l'escalier qui menait au potager, au couchant de la maison. Tout reposait de cette façon inspirée et merveilleuse avec

---

1. **Félicité** : bonheur.
2. **Au levant** : à l'est (du côté où le soleil se lève).
3. **Buis** : le charme est un arbre et le buis un arbuste dont il est d'usage de faire des haies.

laquelle la nature dort sous la lune et que personne n'est jamais parvenu à expliquer. Cependant, comme toujours, le spectacle de cette beauté expressive qu'on peut contempler, bien sûr, mais qu'on ne pourra jamais faire sienne, lui inspirait un découragement profond.

« Carlo ! appela Maria de son lit, inquiète, en voyant qu'il restait immobile à regarder. Qui est là ? »

Il referma la fenêtre, laissant les volets ouverts, et il se retourna :

« Personne, ma chérie. Il y a une lune formidable. Je n'ai jamais vu une semblable paix. »

Il reprit son livre et retourna s'asseoir sur le divan. Il était onze heures dix.

À ce moment précis, à l'extrémité sud-est du jardin, dans l'ombre projetée par les charmes, le couvercle d'une trappe dissimulée dans l'herbe commença à se soulever doucement, par à-coups, se déplaçant de côté et libérant l'ouverture d'une étroite galerie qui se perdait sous terre. D'un bond, un être trapu[1] et noirâtre en déboucha, et se mit à courir frénétiquement en zigzag.

Suspendu à une tige un bébé sauterelle reposait, heureux, son tendre abdomen vert palpitait gracieusement au rythme de sa respiration. Les crochets de l'araignée noire se plongèrent avec rage dans le thorax[2], et le déchirèrent. Le petit corps se contorsionna, détendant ses longues pattes postérieures, une seule fois. Déjà les horribles crocs avaient arraché la tête et maintenant ils

---

1. **Trapu** : petit et large, mais qui donne une impression de force.
2. **Thorax** : partie centrale du corps, chez les insectes, où s'attachent les pattes et la tête.

Nouvelles

fouillaient dans le ventre. Des morsures jaillit le suc abdominal que l'assassin se mit à lécher avidement.

75 Tout à la volupté démoniaque de son repas, il n'aperçut pas à temps une gigantesque silhouette sombre qui s'approchait de lui par-derrière. Serrant encore sa victime entre ses pattes, l'araignée noire disparut à jamais entre les mâchoires du crapaud●.

Mais tout, dans le jardin, était poésie et calme divin.

80 Une seringue empoisonnée s'enfonça dans la pulpe tendre d'un escargot qui s'acheminait vers le jardin potager. Il réussit à parcourir encore deux centimètres avec la tête qui lui tournait, et puis il s'aperçut que son pied ne lui obéissait plus et il comprit qu'il était perdu. Bien que sa conscience fût obscurcie, il sentit 85 les mandibules de la larve assaillante qui déchiquetaient furieusement des morceaux de sa chair, creusant d'atroces cavernes dans son beau corps gras et élastique dont il était si fier.

Dans la dernière palpitation de son ignominieuse[1] agonie il eut encore le temps de remarquer, avec une lueur de réconfort, 90 que la larve maudite avait été harponnée par une araignée-loup et lacérée en un éclair.

Un peu plus loin, tendre idylle[2]. Avec sa lanterne, allumée par intermittence au maximum, une luciole[3] tournaillait autour de la lumière fixe d'une appétissante petite femelle, languissamment[4] 95 étendue sur une feuille. Oui ou non ? Oui ou non ? Il s'approcha

---

1. **Ignominieux** : infâme, ignoble.
2. **Idylle** : relation amoureuse tendre et idéale.
3. **Luciole** : insecte ailé et lumineux.
4. **Languissamment** : paresseusement.

● Le crapaud qui mange l'araignée qui mange la sauterelle : voilà un exemple de ce que l'on nomme la chaîne alimentaire – qui d'ailleurs ne s'arrête pas là : tu découvriras un peu plus loin le sort que Buzzati a réservé au crapaud.

Douce Nuit

d'elle, tenta une caresse, elle le laissa faire. L'orgasme de l'amour lui fit oublier à quel point un pré pouvait être infernal une nuit de lune. Au moment même où il embrassait sa compagne, un scarabée doré d'un seul coup l'éventra irrévocablement[1], le fendant de bout en bout. Son petit fanal[2] continuait à palpiter implorant, oui ou non ? que son assaillant l'avait déjà à moitié englouti.

À ce moment-là il y eut un tumulte[3] sauvage à un demi-mètre de distance à peine. Mais tout se régla en quelques secondes. Quelque chose d'énorme et de doux tomba comme la foudre d'en haut. Le crapaud sentit un souffle fatal dans son dos, il chercha à se retourner. Mais il se balançait déjà dans l'air entre les serres d'un vieux hibou.

En regardant on ne voyait rien. Tout dans le jardin était poésie et divine tranquillité.

La kermesse[4] de la mort avait commencé au crépuscule. Maintenant elle était au paroxysme[5] de la frénésie[6]. Et elle continuerait jusqu'à l'aube. Partout ce n'était que massacre, supplice, tuerie. Des scalpels défonçaient des crânes, des crochets brisaient des jambes, fouillaient dans les viscères, des tenailles soulevaient les écailles, des poinçons s'enfonçaient, des dents trituraient, des aiguilles inoculaient des poisons et des anesthésiques, des filets emprisonnaient, des sucs érosifs[7] liquéfiaient des esclaves encore vivants. Depuis les minuscules habitants des mousses :

---

1. **Irrévocablement** : sans pouvoir revenir en arrière.
2. **Fanal** : signal lumineux.
3. **Tumulte** : tapage, remue-ménage.
4. **Kermesse** : sorte de fête populaire. Foire.
5. **Paroxysme** : moment de plus forte intensité.
6. **Frénésie** : fureur. État d'exaltation extrême.
7. **Érosif** : qui produit une érosion. Qui ronge (comme un acide).

Nouvelles

les rotifères, les tardigrades, les amibes, les tecamibes[1], jusqu'aux larves, aux araignées, aux scarabées, aux mille-pattes, oui, oui, jusqu'aux orvets, aux scorpions, aux crapauds, aux taupes, aux hiboux, l'armée sans fin des assassins de grand chemin se déchaînait dans le carnage, tuant, torturant, déchirant, éventrant, dévorant. Comme si, dans une grande ville, chaque nuit, des dizaines de milliers de malandrins[2] assoiffés de sang et armés jusqu'aux dents sortaient de leur tanière, pénétraient dans les maisons et égorgeaient les gens pendant leur sommeil.

Là-bas dans le fond, le Caruso● des grillons vient de se taire à l'improviste[3], gobé méchamment par une taupe. Près de la haie la petite lampe de la luciole broyée par la dent d'un scarabée s'éteint. Le chant de la rainette étouffée par une couleuvre devient un sanglot. Et le petit papillon ne revient plus battre contre les vitres de la fenêtre éclairée : les ailes douloureusement froissées il se contorsionne, prisonnier dans l'estomac d'une chauve-souris. Terreur, angoisse, déchirement, agonie, mort pour mille et mille autres créatures de Dieu, voilà ce qu'est le sommeil nocturne d'un jardin de trente mètres sur vingt. Et c'est la même chose dans la campagne environnante, et c'est toujours la même chose au-delà des montagnes aux reflets vitreux sous la lune, pâle et mystérieuse. Et dans le monde entier c'est la même chose, partout, à peine descend la nuit : extermination, anéantissement et carnage. Et quand la nuit se dissipe et que le soleil apparaît, un autre carnage

---

1. **Rotifères, tardigrades, amibes, tecamibes** : êtres minuscules voire microscopiques, de la famille des vers, des arthropodes ou des protozoaires.
2. **Malandrins** : voleurs de grands chemins. Brigands.
3. **À l'improviste** : de façon soudaine, imprévue.

● **Caruso : ténor italien du début du XXe siècle considéré comme le plus grand des chanteurs d'opéra.**

DOUCE NUIT

commence, avec d'autres assassins de grands chemins, mais d'une égale férocité. Il en a toujours été ainsi depuis l'origine des temps et il en sera de même pendant des siècles, jusqu'à la fin du monde.

Maria s'agite dans son lit, avec de petits grognements incompréhensibles. Et puis, de nouveau, elle écarquille les yeux, épouvantée.

« Carlo, si tu savais quel terrible cauchemar je viens de faire. J'ai rêvé que là-dehors, dans le jardin, on était en train d'assassiner quelqu'un.

– Allons, tranquillise-toi un peu, ma chérie, je vais venir me coucher moi aussi.

– Carlo, ne te moque pas de moi, mais j'ai encore cette étrange sensation, je ne sais pas, moi, c'est comme si dehors dans le jardin il se passait quelque chose.

– Qu'est-ce que tu vas penser là...

– Ne me dis pas non, Carlo, je t'en prie. Je voudrais tant que tu donnes un coup d'œil dehors. »

Il secoue la tête et sourit. Il se lève, ouvre la fenêtre et regarde.

Le monde repose dans une immense quiétude[1], inondé par la lumière de la lune. Encore cette sensation d'enchantement, encore cette mystérieuse langueur.

« Dors tranquille, mon amour, il n'y a pas âme qui vive dehors, je n'ai jamais vu une telle paix. »

---

1. **Quiétude** : tranquillité.

Nouvelles

Jeune fille qui tombe… tombe

Marta, dix-neuf ans, se pencha en haut du gratte-ciel● et, apercevant au-dessous d'elle la ville qui resplendissait dans le soir, elle fut prise de vertige.

Le gratte-ciel était en argent, suprême et heureux en ce beau soir très pur, tandis que le vent étirait de légers flocons de nuages, çà et là, sur un fond d'azur absolument incroyable. C'était en effet l'heure à laquelle les villes sont saisies par l'inspiration et celui qui n'est pas aveugle en a le souffle coupé. De ce faîte[1] aérien la jeune fille voyait les rues et la masse des immeubles se contorsionner dans le long spasme[2] du crépuscule et là où finissait la blancheur des maisons, commençait le bleu de la mer qui d'en haut semblait en pente. Et comme de l'Orient venaient les voiles de la nuit, la ville devint un doux abîme grouillant de lumières ; et qui palpitait. Il s'y trouvait les hommes puissants et les femmes plus puissantes encore, les fourrures et les violons, les voitures d'onyx[3],

---

1. **Faîte** : sommet.
2. **Spasme** : lorsque ce mot est employé pour un phénomène lumineux ou sonore, il désigne un mouvement irrégulier, qui varie en intensité.
3. **Onyx** : pierre, variété d'agate.

● En 1958 est construit un gratte-ciel qui est aujourd'hui encore l'immeuble le plus haut de Milan : la tour Pirelli, symbole de la réussite économique italienne. C'est de cette tour que s'inspire ici Buzzati.

les enseignes phosphorescentes[1] des boîtes de nuit, les portiques[2] des palais éteints, les fontaines, les diamants, les antiques jardins taciturnes, les fêtes, les désirs, les amours et au-dessus de tout cela cet enchantement bouleversant du soir qui fait rêver de grandeur
20 et de gloire.

En voyant toutes ces choses, Marta se pencha exagérément par-dessus la balustrade et s'abandonna dans le vide. Elle eut la sensation de planer dans l'air mais elle tombait. Étant donné l'extraordinaire hauteur du gratte-ciel, les rues et les places, tout au
25 fond, en bas étaient extrêmement lointaines, qui sait combien de temps il faudrait pour y arriver. Mais la jeune fille tombait.

Le soleil, qui n'était pas encore complètement couché, fit de son mieux pour illuminer la petite robe de Marta. C'était un modeste vêtement de printemps acheté en confection[3] et bon marché. Mais
30 la lumière lyrique[4] du coucher de soleil le magnifiait et le rendait presque chic.

Aux balcons des milliardaires, des mains galantes[5] se tendaient vers elle, en lui offrant des fleurs et des verres.

35 « Un petit drink, mademoiselle ?

– Gentil petit papillon, pourquoi ne t'arrêtes-tu pas une minute parmi nous ?... »

---

1. **Phosphorescent** : qui brille d'un rayonnement qui semble émaner de l'objet lui-même.
2. **Portique** : galerie couverte accolée à un bâtiment et soutenue par des colonnes.
3. **Confection** : prêt-à-porter.
4. **Lyrique** : genre poétique caractérisé par l'expression vive des sentiments. Par extension, ici, lyrique signifie qui exalte.
5. **Galant** : courtois et prévenant envers les femmes.

Nouvelles

Elle riait, tout en voletant, heureuse (mais en attendant elle tombait toujours) :

« Non, merci, mes amis. Je ne peux pas. Je suis pressée d'arriver.

— D'arriver où ? lui demandaient-ils.

— Ah ! ne me le demandez pas », répondait Marta et elle agitait les mains en un salut familier.

Un grand jeune homme brun, très distingué, allongea le bras pour la saisir. Elle lui plaisait. Mais Marta s'esquiva adroitement :

« Comment osez-vous, monsieur ? »

Et elle trouva le temps de lui donner du bout des doigts une pichenette sur le nez.

Les gens de la haute[1] s'occupaient donc d'elle et cela la remplit de satisfaction. Elle se sentait fascinante, à la mode. Sur les terrasses fleuries, au milieu des allées et venues des valets en blanc et des bouffées de chansons exotiques, on parla pendant quelques minutes, peut-être moins, de cette jeune fille qui passait (de haut en bas, suivant un chemin vertical). Certains la jugeaient belle, d'autres comme ci comme ça, tous la trouvaient intéressante.

« Vous avez toute la vie devant vous, lui disaient-ils pourquoi vous pressez-vous autant ? Vous avez bien le temps de courir et de vous essouffler. Arrêtez-vous un moment auprès de nous, ce n'est qu'une modeste petite réunion entre amis, mais j'espère que vous vous y plairez quand même. »

Elle s'apprêtait à répondre mais déjà l'accélération due à la pesanteur l'avait portée à l'étage inférieur, à deux, trois, quatre

---

1. **De la haute** : de la haute société.

étages plus bas ; comme on tombe joyeusement quand on a à peine dix-neuf ans !

Certes la distance qui la séparait du bas, c'est-à-dire du niveau de la rue, était immense ; moins qu'il y a un instant, bien sûr, mais toutefois elle demeurait encore considérable.

Entre-temps, cependant, le soleil s'était plongé dans la mer, on l'avait vu disparaître transformé en champignon rougeâtre et tremblotant. Ses rayons vivifiants n'étaient plus là pour illuminer le vêtement de la jeune fille et en faire une comète séduisante. Heureusement que les fenêtres et les terrasses du gratte-ciel étaient presque toutes éclairées et leurs reflets intenses la frappaient en plein, au fur et à mesure qu'elle passait devant.

Maintenant Marta ne voyait plus uniquement à l'intérieur des appartements des compagnies de gens sans souci, de temps en temps il y avait aussi des bureaux où des employées en blouses noires ou bleues étaient assises devant de petites tables, en longues files. Plusieurs d'entre elles étaient jeunes comme elle, parfois même davantage et, fatiguées désormais de la journée, elles levaient de temps en temps les yeux de leur occupation et de leurs machines à écrire. Elles aussi la virent et quelques-unes coururent à la fenêtre.

« Où vas-tu ? Pourquoi une telle hâte ? Qui es-tu ? lui criaient-elles, et on sentait dans leurs voix quelque chose qui ressemblait à de l'envie.

– On m'attend en bas, répondait-elle. Je ne peux pas m'arrêter. Excusez-moi. »

Et elle riait encore en voltigeant avec légèreté le long du précipice, mais ce n'étaient plus les éclats de rire d'avant. La nuit

Nouvelles

était sournoisement[1] descendue et Marta commençait à sentir le froid.

À ce moment, en regardant en bas, elle vit à l'entrée d'un immeuble un vif halo[2] de lumières. De longues automobiles noires s'arrêtaient (à cause de la distance elles n'étaient guère plus grandes que des fourmis) et il en descendait des hommes et des femmes pressés d'entrer. Il lui sembla discerner dans ce fourmillement le scintillement des bijoux. Au-dessus de l'entrée flottaient des drapeaux.

Il était évident qu'on donnait là une grande fête, exactement celle dont Marta rêvait depuis qu'elle était petite fille. Il ne fallait surtout pas la manquer. Là-bas l'attendaient l'occasion, la fatalité, le roman, la véritable inauguration de la vie. Est-ce qu'elle arriverait à temps ?

Avec dépit elle s'aperçut qu'à une trentaine de mètres plus bas une autre jeune fille était en train de tomber. Elle était bien plus belle qu'elle et portait une petite robe de cocktail qui avait de la classe. Qui peut savoir pourquoi elle descendait à une vitesse très supérieure à la sienne, au point qu'en quelques instants elle la distança et disparut en bas, en dépit des appels de Marta. Elle allait – c'est sûr – arriver à la fête avant elle, c'était peut-être un plan calculé d'avance pour la supplanter[3].

Et puis Marta se rendit compte qu'elles n'étaient pas les seules à tomber. Tout au long des flancs du gratte-ciel d'autres jeunes femmes glissaient dans le vide, les visages tendus dans l'excita-

---

1. **Sournoisement** : en cachant ses intentions véritables, dans un but malveillant.
2. **Halo** : cercle de lumière.
3. **Supplanter** : prendre la place de quelqu'un par toutes sortes de manœuvres.

tion du vol, agitant les mains comme pour dire : Nous voici, nous sommes ici, c'est notre heure, accueillez-nous et faites-nous fête, est-ce que le monde n'est pas à nous ?

C'était donc une compétition. Et elle n'avait qu'une pauvre petite robe de rien du tout, tandis que les autres exhibaient[1] des modèles de grands couturiers et que certaines même serraient sur leurs épaules nues de larges étoles[2] de vison. Marta, qui était tellement sûre d'elle quand elle avait commencé son vol, sentait maintenant une sorte de frisson sourdre[3] au plus profond de son être, peut-être était-ce simplement le froid, mais peut-être aussi la peur, l'angoisse de s'être trompée depuis le début sans espoir d'y remédier.

La nuit était presque complètement tombée maintenant. Les fenêtres s'éteignaient l'une après l'autre, les échos de musique se raréfiaient, les bureaux étaient vides, aucun jeune homme ne se penchait plus à la fenêtre pour lui tendre la main. Quelle heure était-il ? L'entrée de l'immeuble, en bas – entre-temps elle s'en était approchée et pouvait en distinguer désormais tous les détails d'architecture – était toujours illuminée, mais le va-et-vient des automobiles avait cessé. De temps à autre, au contraire, de petits groupes sortaient par la grande porte et s'éloignaient d'un pas fatigué. Et puis les lampes de l'entrée, elles aussi, s'éteignirent.

Marta sentit son cœur se serrer. Hélas ! elle n'arriverait pas à temps pour la fête. Jetant un coup d'œil en l'air, elle vit le sommet du gratte-ciel dans toute sa cruelle puissance. C'était la nuit noire,

---

1. **Exhiber** : montrer ostensiblement, sans pudeur. Porter de façon à être remarqué.
2. **Étole** : longue écharpe de fourrure couvrant les épaules.
3. **Sourdre** : naître. Se dit pour l'eau qui sort du sol.

Nouvelles

les fenêtres encore allumées étaient rares et disséminées[1] aux derniers étages. Au-dessus du gratte-ciel la première lueur de l'aube s'allongeait lentement.

Dans un office du vingtième étage un homme sur la quarantaine était en train de siroter son café matinal lisant le journal tandis que sa femme faisait le ménage dans la pièce. Une pendule sur le buffet marquait neuf heures moins le quart. Une ombre passa soudain devant la fenêtre.

« Alberto, cria la femme, t'as vu ? Une femme vient de passer...

– Comment qu'elle était ? fit-il sans lever les yeux de son journal.

– Une vieille, répondit sa femme, une pauvre vieille toute décrépite[2]. Elle avait l'air épouvantée.

– Toujours comme ça, grommela l'homme. À ces étages-ci, on ne voit passer que des vieilles. Les belles filles on ne peut les reluquer[3] que tout là-haut vers le cinq centième étage. C'est pas pour rien que ces appartements-là coûtent si cher.

– Oui, mais ici, au moins, observa sa femme, on entend quand elles s'écrasent par terre.

– Cette fois-ci on ne l'aura même pas entendue », dit-il en secouant la tête après avoir tendu l'oreille quelques instants.

Et il but une autre gorgée de café.

---

1. **Disséminé** : dispersé.
2. **Décrépit** : dégradé par l'âge.
3. **Reluquer (familier)** : regarder avec convoitise.

Chasseurs de vieux

Roberto Saggini, administrateur d'une petite fabrique de papier, quarante-six ans, les cheveux gris, bel homme, arrêta son auto à quelques pas d'un bar-tabac encore ouvert, on ne sait trop par quelle chance. Il était deux heures du matin.

« Une minute, je reviens tout de suite », dit-il à la jeune femme assise près de lui. C'était un beau brin de fille, à la lumière des réverbères au néon son rouge à lèvres se détachait comme une fleur épanouie.

Devant le tabac plusieurs voitures étaient garées. Il avait dû s'arrêter un peu plus loin. C'était un soir de mai, l'air printanier était tiède et vif à la fois. Toutes les rues étaient désertes.

Il entra au bar, acheta ses cigarettes. Comme il était sur le pas de la porte et s'apprêtait à rejoindre sa voiture, un appel sinistre résonna.

Est-ce qu'il venait de la maison d'en face ? d'une rue latérale ? ou bien, ces créatures surgissaient-elles de l'asphalte ? Deux, trois, cinq, sept silhouettes rapides fondirent [1] concentriquement[2] en direction de la voiture. « Allez ! Tombez-lui dessus ! »

Et là-dessus, un coup de sifflet prolongé, modulé, la fanfare de guerre de ces jeunes canailles : aux heures les plus imprévues de la nuit, ce signal tirait de leur sommeil des quartiers entiers et les

---
1. **Fondirent** : se précipitèrent.
2. **Concentriquement** : vers un même point central.

gens, frissonnant, se pelotonnaient encore plus dans leur lit, en priant Dieu pour le malheureux dont le lynchage[1] commençait.

Roberto mesura le danger. C'est à lui qu'ils en avaient. On vivait une époque où les hommes de plus de quarante ans y réfléchissaient à deux fois avant d'aller se promener en plein milieu de la nuit. Après quarante ans on est vieux. Et les nouvelles générations éprouvaient un total mépris pour les vieux. Un sombre ressentiment[2] dressait les petits-fils contre les grands-pères, les fils contre les pères. Et ce n'est pas tout : il s'était créé des espèces de clubs, d'associations, de sectes, dominés par une haine sauvage envers les vieilles générations, comme si celles-ci étaient responsables de leur mécontentement, de leur mélancolie, de leurs désillusions, de leur malheur qui sont le propre de la jeunesse depuis que le monde est monde. Et la nuit, des bandes de jeunes se déchaînaient, surtout en banlieue, et pourchassaient les vieux. Quand ils parvenaient à en attraper un ils le bourraient de coups de pied, ils lui arrachaient ses vêtements, le fouettaient, le peinturluraient de vernis et puis l'abandonnaient ligoté à un arbre ou à un réverbère. Dans certains cas, tout à la frénésie de leur rite brutal, ils dépassaient la mesure. Et à l'aube, on trouvait au milieu de la rue des cadavres méconnaissables et souillés[3].

Le problème des jeunes ! Cet éternel tourment, qui depuis des millénaires s'était résolu sans drame de père en fils, explosait finalement. Les journaux, la radio, la télévision, les films y étaient pour quelque chose. On flattait les jeunes, on les plaignait, ils étaient

---

1. **Lynchage** : mise à mort sans jugement.
2. **Ressentiment** : rancune, sentiment qui s'accompagne d'un désir de vengeance.
3. **Souillé** : sali, physiquement et moralement.

CHASSEURS DE VIEUX

adulés, exaltés, encouragés à s'imposer au monde de n'importe quelle façon. Jusqu'aux vieux qui, apeurés[1] devant ce vaste mouvement des esprits, y participaient pour se créer un alibi, pour faire savoir – mais c'était bien inutile – qu'ils avaient cinquante ou soixante ans, ça oui, mais que leur esprit était encore jeune et qu'ils partageaient les aspirations[2] et les souffrances des nouvelles recrues[3]. Ils se faisaient des illusions. Ils pouvaient bien raconter ce qu'ils voulaient, les jeunes étaient contre eux, les jeunes se sentaient les maîtres du monde, les jeunes, en toute justice, réclamaient le pouvoir jusqu'alors tenu par les patriarches. « L'âge est un crime », tel était leur slogan.

D'où les chasses nocturnes devant lesquelles l'autorité, inquiète à son tour, fermait volontiers un œil. Tant pis pour eux après tout si des croulants[4], qui auraient mieux fait de rester chez eux au coin de leur feu, s'offraient le luxe de provoquer les jeunes avec leur frénésie[5] sénile[6].

C'était surtout les vieux en compagnie de femmes jeunes qui étaient visés. Alors la jubilation des persécuteurs ne connaissait plus de bornes. Dans ces cas-là l'homme était ligoté et roué de coups tandis que, sous ses yeux, sa compagne était soumise, par ses contemporains, à de longues violences corporelles raffinées de tout genre.

Roberto Saggini mesura le danger. Il se dit : Je n'ai pas le temps d'arriver jusqu'à l'auto. Mais je peux me réfugier au bar, ces petits

---

1. **Apeuré** : effrayé.
2. **Aspiration** : désir.
3. **Recrue** : personne nouvelle qui vient se joindre à un groupe.
4. **Croulant** : vieux (qui donne l'impression de devoir bientôt s'effondrer).
5. **Frénésie** : exaltation, ardeur.
6. **Sénile** : qui a à voir avec la vieillesse ; gâteux.

salauds n'oseront pas entrer. Elle, au contraire, elle aura le temps de fuir.

« Silvia, Silvia ! cria-t-il, démarre ! dépêche-toi ! vite ! vite ! »

Heureusement la fille comprit. D'un coup de hanche rapide elle se glissa devant le volant, mit le contact, passa en première et démarra à toute allure en emballant le moteur.

L'homme eut un soupir de soulagement. Maintenant il devait penser à lui. Il se retourna pour trouver son salut[1] dans le bar. Mais au même instant le rideau de fer fut baissé d'un seul coup.

« Ouvrez, ouvrez », supplia-t-il.

Personne ne répondit de l'intérieur. Comme toujours, quand un raid[2] de jeunes se déclenchait, ils restaient tous tapis[3] dans leur coin. Personne ne voulait voir ou savoir, personne ne voulait s'en mêler.

Il n'y avait plus un instant à perdre. Bien éclairés par des réverbères puissants, sept, huit types convergeaient[4] vers lui, sans même courir, tant ils étaient certains de l'attraper.

L'un d'eux, grand, pâle, le crâne rasé, portait un tricot rouge foncé où se détachait un grand R majuscule blanc. « Je suis fichu », pensa Saggini. Les journaux parlaient de ce R depuis des mois. C'était le signe de Sergio Régora, le chef de bande le plus cruel qui soit. On racontait qu'il avait personnellement réglé leur compte à plus d'une cinquantaine de vieux.

La seule chose à faire était de se risquer. À gauche, au fond de la petite rue, s'ouvrait une large place où s'était installée une fête

---

1. **Trouver son salut** : échapper à un danger ou à la mort.
2. **Raid** : attaque surprise rapidement menée (vocabulaire militaire).
3. **Tapi** : caché.
4. **Convergeaient** : se diriger vers un point commun.

foraine. Le tout était de réussir à arriver sans encombre[1] jusque-là. Après, dans le fouillis des boutiques, des caravanes, ce serait facile de se cacher.

Il partit à fond de train, il était encore un homme agile, et il vit, du coin de l'œil, une gamine courtaude qui débouchait sur sa droite pour lui couper le chemin, elle aussi portait un pull-over avec le R blanc. Elle avait un visage renfrogné extrêmement déplaisant et une bouche large qui criait : « Arrête-toi, vieux cochon ! » Sa main droite serrait une lourde cravache de cuir.

La gamine lui tomba dessus. Mais l'homme porté par son élan la renversa et elle se retrouva par terre avant d'avoir eu le temps de le frapper.

S'étant ainsi frayé un chemin, Saggini, avec tout le souffle qui lui restait, s'élança vers l'espace sombre. Un grillage entourait l'endroit de la fête foraine. Il le franchit d'un bond, courut là où les ténèbres lui semblaient le plus épaisses. Et les autres toujours derrière lui.

« Ah ! il veut nous échapper, le salaud ! s'écria Sergio Régora qui ne se pressait pas outre mesure convaincu de tenir déjà sa proie. Et il ose nous résister par-dessus le marché ! »

Sa bande galopait à côté de lui :

« Oh ! chef, écoute ! Je voudrais te dire quelque chose... »

Ils étaient arrivés devant la foire. Ils s'arrêtèrent.

« Et t'as besoin de me dire ça maintenant ?

— J'voudrais bien m'tromper mais j'ai l'impression que c'type-là c'est mon paternel.

— Ton père ce salaud ? »

---

1. **Sans encombre** : sans obstacle, sans accident.

— Vouais, on dirait bien que c'est lui.

— Tant mieux.

— Mais je...

— Oh ! tu vas pas la ramener maintenant, non ?

— Ben ! c'est que ça me paraît...

— Quoi ! tu l'aimes ?

— Oh ! ça non alors ! c'est un tel imbécile... Et puis un enquiquineur de première. Il en a jamais fini...

— Alors ?

— Ben ça me fait tout de même quelque chose, quoi, si tu veux savoir.

— Tu n'es qu'une andouille, un froussard, une lavette. T'as pas honte ? Le coup s'est encore jamais produit avec mon père mais je te jure que ça me ferait jouir ! Allez, allez, maintenant c'est pas tout, il faut le faire sortir de là. »

Le cœur battant, essoufflé par sa course, Saggini s'était camouflé en se faisant le plus petit possible devant une grande banne[1], peut-être celle d'un cirque, complètement dans l'ombre, tâchant de se fondre sous les pans de toile.

À côté, à cinq, six mètres, il y avait une roulotte de romanichels[2] avec sa petite fenêtre allumée. L'air fut déchiré d'un nouveau coup de sifflet des jeunes voyous. Dans la roulotte on entendit un remue-ménage. Et puis une grosse femme opulente[3] et très belle se montra sur le pas de la petite porte, curieuse.

« Madame, madame, balbutia Saggini, de sa cachette incertaine.

---

1. **Banne** : bâche.
2. **Romanichel** : bohémien.
3. **Opulent** : aux formes généreuses.

– Qu'est-ce qu'il y a ? fit-elle méfiante.
– Je vous en supplie, laissez-moi entrer. Je suis poursuivi. Ils veulent me tuer.
– Non, non, on ne veut pas d'embêtements ici.
– Vingt mille lires pour vous si vous me laissez entrer.
– Quoi ?
– Vingt mille lires.
– Non, non. Ici on est des gens honnêtes nous autres●. »

Elle se retira, referma la porte, on entendit le bruit du verrou intérieur. Et puis même la lumière s'éteignit.

Silence. Pas une voix, pas un bruit de pas. Est-ce que la bande aurait renoncé ? Une horloge lointaine sonna le quart de deux heures. Une horloge lointaine sonna la demie de deux heures. Une horloge lointaine sonna les trois quarts de deux heures.

Lentement, attentif à ne pas faire de bruit, Saggini se releva. Maintenant peut-être il allait pouvoir se tirer de là.

Soudainement un de ces maudits lui tomba dessus, et leva la main droite en brandissant une chose qu'on ne distinguait pas bien. Saggini, en un éclair, se souvint de ce que lui avait dit un ami, bien des années auparavant : si quelqu'un cherche la bagarre, il suffit d'un coup de poing au menton, mais l'important est de bondir de toutes ses forces au même moment en sorte que ce n'est pas seulement le poing mais tout le poids du corps qui frappe l'agresseur.

> ● Buzzati s'amuse à inverser les préjugés raciaux, qui disent que les Gitans sont des voleurs, en mettant dans la bouche de la femme ce que généralement les Gitans s'entendent dire. La femme gitane réagit comme une femme bourgeoise qui ne veut pas de problèmes.

Nouvelles

Saggini se détendit tandis que son poing rencontrait quelque chose de dur avec un sourd craquement « Ah ! » gémit l'autre, s'affaissant lourdement sur le dos. Dans le visage contracté et douloureux qui se renversait en arrière, Saggini reconnut son fils. « Toi ! Ettore... » et il se pencha avec l'intention de le secourir.

Mais trois ombres débouchèrent.

« Il est là, le voilà, tapez-lui dessus à ce sale vieux ! »

Il s'enfuit comme un fou, bondissant d'une zone d'ombre à une autre, talonné par le halètement des chasseurs, toujours plus furieux et plus proche. Tout à coup un objet en métal heurta sa joue provoquant une atroce douleur. Il fit un écart désespéré, chercha une voie d'échappement, ils l'avaient acculé aux limites de la foire, qui ne pouvait plus lui offrir de salut.

Un peu plus loin, à une centaine de mètres les jardins commençaient. L'énergie du désespoir lui permit de franchir cette distance sans être rejoint. Et cette manœuvre désorienta même les poursuivants. L'alarme ne fut donnée qu'au dernier moment, alors qu'il avait déjà atteint la lisière d'un petit bois.

« Par là, par là, regardez-le, il veut se cacher dans le bois. Allez, allez sus[1] au croulant ! »

La poursuite reprit. Si seulement il pouvait tenir jusqu'aux premières lueurs de l'aube il serait sauvé. Mais combien de temps encore à passer avant ! Les horloges, çà et là, sonnaient les heures, mais dans son angoisse fiévreuse il n'arrivait pas à compter les coups. Il descendit une colline, déboula dans une petite vallée, grimpa sur une rive, traversa une quelconque rivière,

---

1. **Sus** : formule d'excitation guerrière. Employé tout seul, « sus » signifie « à l'attaque ».

Chasseurs de vieux

mais chaque fois qu'il se retournait et regardait derrière lui, trois, quatre de ces canailles étaient toujours là, implacables[1], gesticulant frénétiquement[2] tout en le pourchassant.

Lorsque, ses dernières forces épuisées, il se jucha[3] péniblement sur le rebord d'un vieux bastion[4] à pic, il vit que le ciel, au-delà de la masse des toits, pâlissait. Mais il était trop tard désormais. Il se sentait complètement exténué●. Le sang coulait à flot de sa joue balafrée. Et Régora était sur le point de le rattraper. Il devina dans la pénombre son ricanement blanc.

Ils se trouvèrent face à face tous les deux sur l'étroite arête herbeuse. Régora n'eut même pas à le frapper. Pour l'éviter Saggini fit un pas en arrière ne trouva que le vide et tomba, roulant sur le versant à pic, tout en pierres et en ronces. On entendit un bruit mou puis un gémissement déchirant.

« Il n'y a pas laissé sa peau, mais on lui a donné la leçon qu'il méritait, dit Régora. Maintenant, il vaut mieux foutre le camp. On ne sait jamais, avec les flics. »

Ils s'en allèrent par petits groupes, en commentant leur chasse et en se tordant de rire. Mais elle avait duré longtemps cette fois. Aucun vieux ne leur avait donné autant de fil à retordre. Eux aussi ils se sentaient fatigués. Qui peut savoir pourquoi, ils étaient très las. Le petit groupe se disloqua[5]. Régora partit d'un côté avec la gamine. Ils arrivèrent à une place illuminée.

« Qu'est-ce que tu as sur la tête ? demanda-t-elle.

---

1. **Implacable** : inflexible, sans pitié.
2. **Frénétiquement** : furieusement.
3. **Se jucher** : se hisser.
4. **Bastion** : fortification.
5. **Se disloquer** : se disperser.

● Tout ce passage est calqué sur *La chèvre de M. Seguin*, conte d'Alphonse Daudet dans lequel une petite chèvre éprise de liberté lutte contre le loup toute la nuit pour finalement succomber au lever du jour.

Nouvelles

– Et toi ? Toi aussi. »

Ils s'approchèrent l'un de l'autre, s'examinant réciproquement.

« Mon Dieu ! tu en as une figure ! Et tout ce blanc sur tes cheveux !

– Mais toi aussi, tu as une tête épouvantable. »

Une inquiétude soudaine. Cela n'était jamais arrivé encore à Régora. Il s'approcha d'une vitrine pour se regarder.

Evelyne Williams, Night people, *1986, relief peint, 84 × 130 cm, collection privée.*

Dans le miroir il vit très distinctement un homme sur la cinquantaine environ, les yeux et les joues flasques[1], les paupières flétries[2], un cou comme celui des pélicans. Il essaya de sourire, il lui manquait deux dents, juste sur le devant.

Était-ce un cauchemar ? Il se retourna. La fille avait disparu. Et puis du fond de la place à toute allure trois garçons se précipitèrent sur lui. Ils étaient cinq, huit. Ils lancèrent un long coup de sifflet terrifiant.

« Allez, allez, tombez-lui dessus au croulant ! »

Maintenant c'était lui le vieux. Et son tour était arrivé.

Régora commença à courir de toutes ses forces, mais elles étaient faibles. La jeunesse, cette saison fanfaronne[3] et sans pitié qui semblait devoir durer toujours, qui semblait ne jamais devoir finir. Et une nuit avait suffi à la brûler. Maintenant il ne restait plus rien à dépenser.

---

1. **Flasque** : mou, sans fermeté.
2. **Flétri** : fané.
3. **Fanfaron** : qui exagère son courage.

Nouvelles

Illustration pour le Passe-muraille *de Marcel Aymé. Aquarelle de Steinlen, BNF, Paris.*

LE DOSSIER

Nouvelles
Des nouvelles fantastiques à valeur de fable

REPÈRES
Qu'est-ce qu'une nouvelle ? **62**
Qu'est-ce que le fantastique ? **64**

PARCOURS DE L'ŒUVRE
Étape 1 : lire une nouvelle fantastique à visée morale
 (*Le Veston ensorcelé*) **66**
Étape 2 : étudier le fantastique au service
 de la dénonciation (*L'Œuf*) **68**
Étape 3 : distinguer l'étrange du fantastique (*Douce Nuit*) **70**
Étape 4 : repérer les caractéristiques d'un récit
 allégorique (*Jeune fille qui tombe... tombe*) **72**
Étape 5 : mettre en évidence la visée argumentative
 d'une nouvelle (*Chasseurs de vieux*) **74**
Étape 6 : analyser l'emploi du fantastique
 dans l'ensemble des nouvelles **76**
Étape 7 : exploiter les informations de l'enquête **78**

TEXTES ET IMAGE
L'attrait du vide : groupement de documents **80**

Nouvelles

Qu'est-ce qu'une nouvelle ?

Pour échapper à la peste, dix jeunes gens s'isolent dans une villa à la campagne et se racontent à tour de rôle des histoires censées s'être vraiment produites – 100 histoires en tout, qu'un écrivain italien, Boccace, a écrites et regroupées au milieu du XIVe siècle sous le titre Le Décaméron. C'est ainsi qu'est né le genre de la nouvelle, un genre illustré depuis par de nombreux écrivains.

- **POURQUOI CE NOM : « NOUVELLE » ?**

En latin, une *novella*, c'est une chose récente. Aujourd'hui encore, dans le langage courant, une bonne (ou une mauvaise) nouvelle, c'est un fait que l'on vient d'apprendre. De même, lorsqu'on lit le journal, c'est pour connaître les dernières nouvelles, c'est-à-dire des informations récentes. En littérature aussi, une nouvelle, c'est d'abord cela : un court récit d'événements censés s'être réellement produits il y a peu.

Cependant, le mot met longtemps à s'imposer : jusqu'au milieu XIXe siècle, il se confond avec le mot « histoire » ou même avec le mot « conte ».

Quel est le rapport entre la nouvelle et la presse ?

Buzzati, lorsqu'il publie ses nouvelles dans le Corriere della Sera, est l'héritier d'une longue tradition qui s'arrête peu après lui. Pendant tout le XIXe siècle et une bonne partie du XXe siècle, on trouve dans les journaux à la fois des nouvelles (informations) et des nouvelles (textes littéraires). La presse y trouve son compte : les nouvelles sont courtes et trouvent facilement place dans les colonnes des journaux ; elles sont rapidement lues, et en une seule fois, abordent toutes sortes de sujets et donnent envie d'acheter le journal. Les écrivains (appelés nouvellistes dans ce cas) y trouvent aussi leur compte : rapides à écrire, les nouvelles leur permettent de gagner de l'argent pendant qu'ils se consacrent à des tâches littéraires de plus grande ampleur. La nouvelle permet aussi aux auteurs d'expérimenter des idées qu'ils replaceront ensuite dans leurs romans.

REPÈRES

● **QUELS SUJETS LA NOUVELLE ABORDE-T-ELLE ?**

On trouve des nouvelles sur toutes sortes de sujets. Les nouvelles peuvent aussi se concentrer sur des faits d'actualité ou des questions politiques… Comme le roman, la nouvelle peut adopter une forme policière ou fantastique… aucun genre ni sujet ne lui est interdit.

Buzzati aborde volontiers des sujets relatifs à la société ou aux relations humaines.

● **COMMENT SE CARACTÉRISE LE GENRE DE LA NOUVELLE ?**

La nouvelle est un récit court qui raconte un événement présenté comme réel. Elle met en scène peu de personnages pris dans une intrigue* unique.

– Un événement présenté comme réel : le récit doit être plausible. Même si ce qui nous est raconté est fantastique, comme chez Buzzati, l'auteur nous présente les faits comme s'étant réellement passés. Le lecteur, quant à lui, s'engage à y croire, au moins le temps de la lecture.

– Un petit nombre de personnages : l'auteur n'a pas la place, le texte étant court, de mettre en scène un trop grand nombre de personnages. De même, il ne s'attarde généralement pas sur leur description, et encore moins sur leur psychologie.

Buzzati, par exemple, ne nous dit que le strict nécessaire à la bonne compréhension de l'intrigue : le nom du personnage, parfois son âge et sa profession, éventuellement un trait de caractère, et c'est à peu près tout.

– Une intrigue simple : l'auteur n'a pas le temps de s'égarer dans une histoire complexe avec des ramifications, il va à l'essentiel. Le problème est bien souvent posé dès les premières lignes et les péripéties* sont entièrement construites en vue de la chute*.

● **NOUVELLE ? CONTE ? FABLE ? COURT ROMAN ?**

– La différence avec le conte* est que le conteur ne se préoccupe pas de rendre son récit plausible. Ainsi, *Jeune fille qui tombe… tombe* est davantage un conte qu'une nouvelle.
– La fable* illustre une moralité : les nouvelles de Buzzati ont souvent une valeur morale, mais elles ne sont pas la simple illustration de celle-ci.
– Un court roman, enfin, se différencie d'une longue nouvelle par la complexité de son intrigue, le nombre et la psychologie de ses personnages et la place laissée aux descriptions.

Nouvelles

Qu'est-ce que le fantastique ?

Présent dans différents arts, le fantastique côtoie si étroitement d'autres genres ou registres (le merveilleux, la science-fiction, le fabuleux, l'étrange...) qu'il peut être difficile d'en définir les contours.

- QUE VEUT DIRE CE MOT : « FANTASTIQUE » ?

Lorsque nous trouvons que quelque chose est fantastique, nous voulons dire que cette chose est formidable, qu'elle nous a beaucoup plu... peut-être même que nous n'imaginions pas qu'une chose aussi extraordinaire pouvait exister. En effet, au départ, le mot fantastique désigne une histoire purement imaginaire, qui n'a rien à voir avec la réalité... Dans les arts (en littérature, au cinéma, en peinture...), une œuvre est fantastique si elle évoque des événements, des phénomènes ou des êtres qui ne peuvent pas exister dans la réalité et qui se trouvent projetés dans un environnement plausible ou familier.

> **Des mots voisins**
>
> *Surnaturel, extraordinaire, merveilleux, fabuleux, irréel, féerique, étrange... : tous ces termes sont proches au niveau du sens. Ils servent tous à qualifier des événements qui ne peuvent pas se réaliser, et qui provoquent ainsi le plus vif étonnement chez le lecteur :*
> *– le fabuleux appartient à la fable et le féerique au conte de fées ;*
> *– le surnaturel ne relève pas des lois de la nature et l'irréel est hors du réel ;*
> *– le merveilleux met en scène des événements surnaturels accepté comme réels par l'auteur et le lecteur ;*
> *– le fantastique met en scène des événements surnaturels qui font hésiter le lecteur sur leur réalité ;*
> *– l'étrange met en scène des événements surnaturels qui sont finalement expliqués par des causes scientifiques.*

- QUAND LA LITTÉRATURE FANTASTIQUE S'EST-ELLE DÉVELOPPÉE ?

Ulysse est aux prises avec des cyclopes et des sirènes, des fées exaucent des vœux, Jésus marche sur les eaux... Le merveilleux existe depuis que l'homme raconte des histoires : les mythes, les contes de fées ou les textes religieux

REPÈRES

regorgent d'êtres fabuleux, d'événements invraisemblables, de magie, de miracles... Mais la littérature fantastique se constitue sur autre chose : un texte est fantastique à partir du moment où il introduit des éléments surnaturels dans le cadre réaliste du récit.

C'est avec le mouvement romantique, à la fin du XVIIIe siècle et au XIXe siècle surtout, que naissent un intérêt, puis une mode pour ce genre de récits. Les artistes romantiques aiment ce qui sort de l'ordinaire, qui étonne et effraie, qui est mystérieux et contient un sens caché. C'est ainsi que paraissent les premières grandes œuvres fantastiques : *Faust* de Goethe, *Frankenstein* de Mary Shelley, ou encore certaines *Histoires extraordinaires* d'Edgar Allan Poe.

> Du nom d'un alchimiste allemand du XVIe siècle, héros d'un conte populaire, cette pièce publiée en 1808 raconte comment Faust, accablé par l'insignifiance de son savoir, en arrive à signer un pacte avec le diable et à lui livrer son âme. Cette œuvre est souvent considérée comme la plus importante de la littérature allemande.

● POURQUOI LES AUTEURS ONT-ILS RECOURS AU FANTASTIQUE ?

Le fantastique est d'abord un procédé imaginaire grâce auquel tout devient possible, tout peut être dit et tout peut prendre forme.

Les auteurs fantastiques se comportent comme des expérimentateurs : ils placent des personnages ordinaires dans des situations extraordinaires. En faisant cela, ils cherchent le plus souvent à traiter de questions beaucoup plus complexes pour lesquelles le fantastique sert de révélateur.

Quelques exemples d'auteurs fantastiques

- Stevenson peut mettre en évidence les forces bénéfiques et maléfiques qui opèrent en nous, sous la forme du Dr Jekyll et de M. Hyde.
- Guy de Maupassant donne une forme à ses angoisses les plus profondes et à la folie dans ses terrifiantes nouvelles, notamment Le Horla.
- Le personnage du diable, depuis Méphistophélès dans le Faust de Goethe jusqu'au tailleur Corticella de Buzzati, en tentant les hommes, permet aux auteurs de révéler les bassesses et les travers des sociétés humaines.
- Enfin les auteurs peuvent nous faire partager leur conception de l'existence : c'est ce que fait par exemple Dino Buzzati avec sa Jeune fille qui tombe... tombe.

Nouvelles

Étape 1 • Lire une nouvelle fantastique à visée morale

SUPPORT : Le Veston ensorcelé (p. 12)
OBJECTIF : Repérer la construction d'une nouvelle fantastique à visée morale.

As-tu bien lu ?

1. Comment le narrateur a-t-il connaissance de l'existence du tailleur ?
2. Qui est Alfonso Corticella ?
3. D'où provient l'argent du veston ?
4. Que devient le veston à la fin ?
   ☐ il est conservé par le narrateur.   ☐ il est rendu au tailleur.
   ☐ il est brûlé.

Un récit construit

5. Combien y a-t-il de personnages dans « Le Veston ensorcelé » ? Que sais-tu de chacun d'eux ? Pourquoi Buzzati nous en dit-il si peu ?
6. Qu'apporte la narration à la première personne au texte ?
7. « Tout conspirait pour me démontrer que, sans le savoir, j'avais fait un pacte avec le démon ? » (l. 184 à 186) : qu'est-ce qui peut nous permettre d'affirmer que le tailleur est le diable ? Pour répondre, relis bien le début et la fin de la nouvelle.
8. À deux moments dans le texte Buzzati passe une ligne. Pourquoi ? Quels sont ces moments ?
9. La nouvelle peut être découpée en six parties : pour chacune d'elles, propose un titre en le justifiant.

Parties	Titres
1. Bien que j'apprécie... décide (l. 1 à 52).	
2. Ce jour-là... me répondait (l. 53 à 129).	
3. Mais... le sinistre (l. 130 à 161).	
4. Dois-je... démon (l. 162 à 186).	
5. Cela dura... cendres (l. 187 à 201).	
6. Mais... règlement de comptes (l. 202 à la fin).	

Une nouvelle morale

10 D'où provient l'argent que le narrateur retire du veston ? Que signifie le mot « coïncidence » (l. 130) ?

11 Le texte se finit par l'expression : « ultime règlement de comptes ». De quoi s'agit-il ?

12 Comment comprends-tu la phrase : « Personne ne semble surpris par ma ruine subite » (l. 220-221) ?

13 Quelle pourrait être la moralité de ce texte ?

14 Que signifie l'expression « succomber à la tentation » ? Montre qu'elle convient bien à cette nouvelle. À quels moments du récit en particulier ?

15 « Argent facile », « Argent sale » : que veulent dire ces expressions ? Selon toi, conviennent-elles pour cette nouvelle ?

La langue et le style

16 Relève, dans les trois derniers paragraphes, quatre propositions à la forme négative. Pourquoi y en a-t-il tant ? Qu'expriment plus particulièrement la première et la quatrième ?

17 Réécris-les à la forme affirmative.

18 Relis le dernier paragraphe et ajoute à sa suite trois phrases commençant par « Et je sais que » suivi du futur de l'indicatif. Fais varier les verbes.

Faire le bilan

19 Remets les mots suivants dans un ordre logique par rapport au récit, en justifiant tes choix : crime, remords, tentation, punition, exaltation.

20 Montre que l'auteur organise son récit autour de quelques situations où il oblige son personnage à faire des choix, de manière à donner un sens moral à l'histoire. Indique ensuite le sens moral de cette histoire.

Donne ton avis

21 Selon toi, le personnage principal a-t-il le choix ? Quand ? En fait-il bon usage ? Qu'aurais-tu fait à sa place ?

Nouvelles

Étape 2 • Étudier le fantastique au service de la dénonciation

SUPPORT : L'Œuf (p. 23)

OBJECTIF : Analyser l'emploi du fantastique dans une nouvelle « sociale ».

As-tu bien lu ?

1 Comment est l'œuf qui donne son titre à la nouvelle ?

2 Quel est le métier de Gilda ?
☐ couturière   ☐ banquière   ☐ femme de ménage

3 Pour qui se fait-elle passer dans la chasse à l'œuf ?

4 Combien d'œufs Antonella trouve-t-elle ?
☐ zéro   ☐ un   ☐ deux

Une force surnaturelle...

5 Fais un relevé des événements fantastiques en complétant le tableau.

« Ennemis » de Gilda	Actions contre Gilda	Gestes/paroles de Gilda	Conséquence surnaturelle
Une dame patronnesse			
	Il tient les mains de Gilda		
			Ils tombent raides en tas
		Elle crie des mots que l'on ne comprend pas	
Quatre chars d'assaut			
	Bombardement		
	Siège de l'immeuble de Gilda		
		Elle crie : « ça suffit ! »	

6 Cherche le sens du mot « crescendo » dans le dictionnaire et dis en quoi il convient parfaitement ici.

7 Comment la force surnaturelle que déploie Gilda est-elle expliquée ici ?

...au secours d'une femme humiliée

8 Relève dans les lignes 9 à 25, trois renseignements sur son métier, sa famille, ses vêtements, qui montrent que la vie de Gilda est dure.

9 De la ligne 143 à la ligne 158, relève tous les sentiments cités. Qu'éprouvent les personnes présentes face à la « crise » de Gilda ?

10 Rage, honte, peine : quelle différence fais-tu entre ces trois sentiments ? Relie ci-dessous les sentiments aux propositions qui leur correspondent.

Rage •
Honte •
Peine •

• de la situation
• pour sa fille
• contre la dame patronnesse
• d'être mal traitée
• d'être pauvre

11 Pourquoi Antonella se contente-t-elle d'un œuf en carton à la fin ?

12 Quelle est la morale de cette histoire ? Qu'est-ce que Buzzati veut dénoncer ?

La langue et le style

13 « Sur son visage on pouvait lire une telle douleur que le ciel entier commença à s'obscurcir. » (l. 141-142) : combien y a-t-il de propositions ici et quelles sont-elles ? Quelle est la fonction de la proposition subordonnée ?

14 Réécris cette phrase en commençant par : « Le ciel entier commença à s'obscurcir », sans en changer le sens.

15 En quoi cette phrase constitue-t-elle le premier événement fantastique ?

Faire le bilan

16 Que dénonce Buzzati à travers ce récit et par quels moyens ? Quel rôle joue le fantastique dans cette dénonciation ?

17 Comment comprend-on que Buzzati est du côté de Gilda et d'Antonella ? Pour répondre, tu penseras aux personnages, à la construction du récit, aux sentiments éprouvés...

À toi de jouer

18 Gilda et Antonella viennent d'être découvertes, mais Gilda n'a aucun pouvoir surnaturel. Imagine et écris la fin de l'histoire.

Nouvelles

Étape 3 • Distinguer l'étrange du fantastique

SUPPORT : Douce Nuit (p. 35)
OBJECTIF : Étudier la mise en place d'une atmosphère étrange et sa finalité.

As-tu bien lu ?

1. Quel cauchemar Maria a-t-elle fait à la fin ?
2. Parmi les propositions ci-dessous, quelle est la bonne (la flèche signifie « mange ») ?
   sauterelle ← araignée ← crapaud ← hibou
   escargot ← scarabée ← crapaud ← serpent
   luciole ← escargot ← larve ← grenouille
3. Pourquoi le grillon s'est-il tu ?
4. Quand commence et quand finit le carnage ?

Une atmosphère inquiétante

5. Coche dans le tableau ci-dessous la catégorie à laquelle tu peux rattacher les mots de la colonne de gauche, relevés dans les toutes premières lignes du texte. Repère ensuite dans les lignes 147 à 149 d'autres termes ou expressions, que tu placeras dans le tableau.

	Sentiment	**Expression du corps**
Faible gémissement		
Léger frémissement		
Stupeur		
Léger sourire		
Angoisse		
Inquiétude		

6. La première description du jardin (l. 32 à 52) correspond-elle aux sentiments de Maria ? Réponds à l'aide du texte.
7. Quelle est la fonction de la ligne passée juste à ce moment-là (l. 36-37) ?
8. Relis le paragraphe lignes 61 à 66 : quel personnage entre en scène ? Que nous a laissé croire l'auteur ? Quels mots nous ont permis de nous tromper ? Pourquoi l'a-t-il fait ?

Une action meurtrière

9 a. Cherche dans les lignes 110 à 127 les mots correspondant au champ lexical de la cruauté. Classe-les dans le tableau ci-dessous.

Termes génériques	Armes	Actions (verbes)	Coupables (inutile de citer les noms d'animaux)

b. Que signifient les mots et expressions utilisés pour désigner les coupables ?

10 Quel est cet « autre carnage » dont il est question ligne 142 ? De qui parle Buzzati ici ?

La langue et le style

11 « Kermesse de la mort » (l. 110) : quel est le sens de cette formule ? Quelle est la figure de style employée ici ?

12 « Douce Nuit » : comment comprends-tu le titre ? Quelle est cette figure de style ?

Faire le bilan

13 À partir de tes réponses aux questions précédentes, tu diras de manière argumentée pour quelles raisons cette nouvelle relève plus du genre de l'étrange que de celui du fantastique.

14 Choisis, en justifiant ta réponse à chaque fois, les mots qui, dans la liste suivante, correspondent le mieux à cette nouvelle : invraisemblable, réel, fantastique, étrange, banal, inquiétant, surnaturel.
Lesquels as-tu écarté et pourquoi ?

À toi de jouer

15 Décris à ton tour en quelques lignes un lieu bien différent en réalité de ce qu'il est en apparence.

16 Pour la bande annonce du film adapté de « Douce Nuit », il faut un texte insistant sur l'atmosphère. À toi de l'écrire.

17 Es-tu d'accord avec Buzzati pour dire qu'« il en a toujours été ainsi (et qu')il en sera de même […] jusqu'à la fin du monde » (l. 144 à 146) ?

Nouvelles

Étape 4 • Repérer les caractéristiques d'un récit allégorique*

SUPPORT : Jeune fille qui tombe... tombe (p. 42)

OBJECTIF : Retrouver tous les éléments d'un récit allégorique et comprendre quel en est l'enseignement.

As-tu bien lu ?

1. À quel moment de la journée commence la chute de Marta ?
2. Combien d'étages (à peu près) l'immeuble fait-il ?
3. Combien de temps faut-il pour arriver en bas ?
4. Qui tombe en même temps qu'elle ?

Des occasions, des illusions, des rêves

5. Relève, lignes 1 à 20, tous les mots qui renvoient à la grandeur et à la gloire dont rêve Marta. Classe-les par catégories.
6. Récapitule dans un tableau les étages croisés par Marta et les relations établies avec les habitants.
7. « Gentil petit papillon, pourquoi ne t'arrêtes-tu pas une minute parmi nous ? » (l. 35-36) : sans t'aider du texte, réponds à la question à la place de la jeune fille.
8. À quoi correspond le rez-de-chaussée pour Marta ? Et dans la réalité ?

Un texte métaphorique

9. Comment l'immeuble est-il organisé socialement ? De quoi est-il la métaphore* ?
10. « C'était donc une compétition » (l. 120) : de quelle compétition s'agit-il ? Qui sont les concurrents ? Que gagnent-ils ? Qui a perdu ?
11. Le matin est généralement la métaphore de la jeunesse et le soir de la fin de la vie. Or la nouvelle ici commence le soir et se finit le matin. Pourquoi ?
12. Après avoir complété le tableau ci-contre, tu diras quelle est l'importance de la lumière dans cette nouvelle et ce qu'elle représente.

PARCOURS DE L'ŒUVRE

	Lumière artificielle	Lumière naturelle	Elle attire Marta	Elle éclaire Marta
La ville qui resplendissait				
Les enseignes phosphorescentes des boîtes de nuit				
Le soleil fit de son mieux pour illuminer la petite robe de Marta				
Les fenêtres du gratte-ciel étaient presque toutes éclairées et leurs reflets intenses la frappaient en plein, au fur et à mesure qu'elle passait devant.				
Elle vit à l'entrée de l'immeuble un vif halo de lumières				
Le scintillement des bijoux				
Au-dessus du gratte-ciel la première lueur de l'aube s'allongeait				

La langue et le style

13 « Elle eut la sensation de planer dans l'air mais elle tombait. » (l. 22-23)
   a. Quel mot relie les deux propositions ? Quelle est sa nature ? En quoi cette opposition permet-elle d'éclairer le texte ?
   b. Transforme l'une de ces deux propositions en proposition subordonnée. Quelle est sa fonction ?

14 Le texte dit que Marta « s'abandonna dans le vide » (l. 22) : que signifie ce verbe dans ce contexte ?

Faire le bilan

15 Un récit allégorique permet d'exprimer une idée à travers une histoire. Il contient toujours un enseignement. Montre en quoi « Jeune fille qui tombe... tombe » est bien un récit allégorique. Quel enseignement peut-on en tirer ?

Donne ton avis

16 Marta aurait pu s'arrêter à plusieurs reprises. Quels auraient été à chaque étage les avantages et les inconvénients ? Selon toi, quel était le meilleur choix pour elle ?

Nouvelles

Étape 5 • Mettre en évidence la visée argumentative d'une nouvelle

SUPPORT : Chasseurs de vieux (p. 49)

OBJECTIF : Identifier la visée argumentative d'une nouvelle satirique*.

As-tu bien lu ?

1 À quoi reconnaît-on les membres de la bande de Sergio Régora ?

2 Quel est leur slogan ?

3 Comment Roberto Saggini meurt-il ?

4 À la fin, Sergio Régora :
- ☐ rentre chez lui retrouver ses vieux parents.
- ☐ part à la poursuite d'autres vieux.
- ☐ devient vieux et est poursuivi à son tour.
- ☐ décide que c'était sa dernière chasse aux vieux.

Des jeunes contre des vieux

5 Relève tout au long de la nouvelle la façon dont les jeunes appellent Roberto Saggini.

6 Dans les lignes 27 à 35, relève sept sentiments éprouvés par les jeunes. Place-les dans le tableau ci-dessous et définis ceux de la colonne de gauche.

Sentiments des jeunes à l'égard des vieux	Sentiments propres à la jeunesse

7 Comment Buzzati explique-t-il que les jeunes en veuillent aux vieux (l. 27 à 35) ?

8 Ettore, le fils de Saggini, apparaît à deux reprises. Montre d'abord les différences entre ces deux moments. Pourquoi selon toi Buzzati a-t-il jugé utile de le faire intervenir ?

Le fantastique au service d'une thèse

9 Relève à la fin du texte les mots appartenant au champ lexical de la fatigue.

10 « Mais elle avait duré longtemps cette fois » (l. 217) : explique en quoi on peut comprendre cette phrase de deux façons différentes. Qu'annonce-t-elle ?

11 Combien y a-t-il de fins ? Lesquelles ? Propose un titre à chaque fois.

12 Pourquoi Buzzati a-t-il organisé le retournement de situation final ? Quelle est la morale de cette histoire ?

13 Complète le tableau suivant à l'aide de phrases tirées de la fin du texte pour montrer les points communs entre le début et la fin.

Début de la nouvelle	Fin de la nouvelle
Quarante-six ans,	
La jeune femme assise près de lui,	
Un coup de sifflet prolongé,	
Sept silhouettes rapides fondirent concentriquement en direction de la voiture.	
Allez ! Tombez-lui dessus !	
Il se retourna […] le rideau de fer fut baissé d'un seul coup.	
Il partit à fond de train.	

14 Comment comprends-tu la dernière phrase du texte ?

La langue et le style

15 Relève tous les verbes du dernier paragraphe. À quels temps sont-ils conjugués ? Pourquoi y a-t-il trois temps différents ?

Faire le bilan

16 Écris un paragraphe reprenant la thèse défendue par Buzzati ici.

17 De quel côté est Buzzati ? Appuie-toi sur ses remarques, sur la présentation des personnages, sur la construction du récit…

Donne ton avis

18 Penses-tu qu'aujourd'hui encore les jeunes soient en conflit avec la génération de leurs parents ?

Nouvelles

Étape 6 • Analyser l'emploi du fantastique dans l'ensemble des nouvelles

SUPPORT : L'ensemble des nouvelles

OBJECTIF : Distinguer les différents emplois et les différentes fonctions du fantastique chez Buzzati.

As-tu bien lu ?

1. Qui dit « Trop tard » à la fin du « Veston ensorcelé » ?
2. Qu'est-ce qui déclenche la colère de Gilda Soso dans « L'Œuf » ?
3. Comment est le jardin, selon Carlo, dans « Douce Nuit » ?
4. Où voudrait bien se rendre l'héroïne de « Jeune fille qui tombe… tombe » ?
5. Comment se termine « Chasseurs de vieux » pour Sergio Régora ?

Des récits fantastiques variés

6. Classe les éléments fantastiques des 5 nouvelles en fonction de leur nature.

Nouvelle	Objets	Personnages	Événements	Autres
Le Veston ensorcelé				
L'Œuf				
Douce Nuit				
Jeune fille qui tombe… tombe				
Chasseurs de vieux				

7. Pour quelle nouvelle n'as-tu pas pu remplir le tableau ? Pourquoi ? À la place de « fantastique », propose un autre adjectif pour la qualifier.

8. À quelle nouvelle chacune des phrases ci-dessous correspond-elle ?
   – Il ne se passe rien de surnaturel, mais l'atmosphère de la nouvelle est mystérieuse et inquiétante.
   – Dino Buzzati a utilisé dans cette nouvelle le fantastique pour dénoncer un problème social.
   – Un homme ordinaire face à une situation extraordinaire. Que va-t-il faire ?
   – Cette nouvelle est un récit fantastique qui propose une métaphore de la vie.
   – Le fantastique permet ici d'accélérer le temps à la fin du récit.

Le fantastique au service d'un message

9 Précise pour chaque nouvelle quand et pourquoi le fantastique entre en scène.

10 Quelle moralité peut-on tirer du « Veston ensorcelé » ? Justifie-la. Et de « L'Œuf » ?

11 « Jeune fille qui tombe... tombe » : Buzzati voulait d'abord intituler cette nouvelle « La chute ». Montre que l'on peut retrouver dans la nouvelle à la fois le sens propre et le sens figuré du mot « chute ».

12 Il y a deux autres nouvelles pour lesquelles, dans un sens ou un autre, le mot « chute » convient aussi. Lesquelles et pourquoi ?

13 « Un jour, attirée par les lumières de la ville, Marta tombe du haut d'un gratte-ciel. À la fin, devenue vieille, elle s'écrase par terre ». Voici, résumés en deux phrases, le problème et la conclusion de « Jeune fille qui tombe... tombe ». En gardant le même schéma, résume les autres nouvelles. Pour « Douce Nuit », tu commenceras les phrases par « Une nuit... » et « En effet ».

Faire le bilan

14 « Des nouvelles fantastiques » : propose au moins deux synonymes du mot « fantastique ». Donne une définition du mot fantastique. Que faut-il pour qu'une nouvelle soit fantastique ? Nourris ta réponse d'exemples tirés des nouvelles de Buzzati.

15 Quelles sont les fonctions du fantastique pour Buzzati ? Réponds en t'appuyant sur ce que tu sais de chaque nouvelle (construction, événements, personnages, message...).

À toi de jouer

16 À ton tour d'écrire une nouvelle dans laquelle le fantastique est au service du message que tu veux faire passer. Tu peux écrire au choix :
  – sur le modèle du « Veston ensorcelé », un texte à la première personne avec un personnage tentateur et la notion de coïncidence ;
  – sur le modèle de « L'Œuf », un texte à la troisième personne dans lequel le fantastique est déclenché par un événement précis.

Nouvelles

Étape 7 • Exploiter les informations de l'enquête

SUPPORT : L'enquête et l'ensemble des nouvelles

OBJECTIF : Mettre en œuvre les connaissances acquises par l'enquête. Mieux comprendre la société italienne du miracle économique à travers les nouvelles de Buzzati.

As-tu bien lu ?

1. Quel est l'événement qui décide le narrateur à brûler son veston ?
2. Où habite Gilda Soso ?
   - ☐ elle occupe une chambre dans la maison des gens qui l'emploient.
   - ☐ elle est installée dans un immeuble à la périphérie de la ville.
   - ☐ elle vit dans une masure, dans un bidonville.
   - ☐ elle partage un appartement avec d'autres femmes de ménage.
3. Que se passe-t-il de tragique* dans le jardin de « Douce Nuit » ?
4. Qui habite les étages supérieurs du gratte-ciel dans « Jeune fille qui tombe... tombe » ?
5. Pourquoi la bande de Sergio Régora poursuit-elle Roberto Saggini ?

Une société inégalitaire et tentatrice

6. Renseigne la fiche d'identité de l'héroïne de « L'Œuf ».

   ```
   Nom : ...........................................
   Prénom : ........................................
   Âge : ...........................................
   Profession : ....................................
   Adresse : .......................................
   Situation de famille : ..........................
   Enfants : .......................................
   ```

7. Qu'est-ce qui rend la vie de Gilda difficile ? Réponds à partir de la fiche que tu viens de remplir et de l'enquête.
8. Richesse, jeunesse, tentations, espoirs, violence, pauvreté, luttes : place ces termes dans le tableau ci-après de façon à les faire correspondre aux différentes nouvelles (attention, chaque mot peut convenir pour plusieurs textes).

PARCOURS DE L'ŒUVRE

Jeune fille qui tombe... tombe	
Le Veston ensorcelé	
Douce Nuit	
L'Œuf	
Chasseurs de vieux	

9 À quels personnages as-tu fait correspondre le mot « tentations » ? Qu'est-ce qui les tente ? Réussissent-ils à l'obtenir ? Quelles en sont les conséquences ?

Une société violente

10 Dans les différentes nouvelles (à part « Jeune fille qui tombe... tombe »), qui s'affronte à qui et pourquoi ?

11 **a.** Que reprochent les jeunes aux vieux dans « Chasseurs de vieux » ? Réponds à partir de la nouvelle.
  b. Que réclament les jeunes dans la réalité ? Réponds à partir de l'enquête.

12 « Et quand la nuit se dissipe et que le soleil apparaît, un autre carnage commence, avec d'autres assassins [...] » (l. 141 à 146) : cherche dans l'enquête et dans l'ouverture (p. 8-9) ce qui peut justifier ce jugement de Buzzati dans « Douce Nuit ».

Faire le bilan

13 À partir de ta lecture des nouvelles, de tes réponses aux questions et de l'enquête, montre ce que les nouvelles de Buzzati nous font comprendre de la société italienne des années 1950-1960.

Donne ton avis

14 Le mot « Miracle » signifie « événement inespéré, surnaturel et bénéfique, attribué à une intervention divine ». Pour parler de la période pendant laquelle se déroulent les nouvelles de Buzzati, on parle des années du « miracle économique ». L'époque telle que nous la présente Dino Buzzati dans ses nouvelles te paraît-elle miraculeuse ?

Nouvelles

L'attrait du vide : groupement de documents

OBJECTIF : Comparer plusieurs documents sur le thème de la chute et de l'attrait du vide.

DOCUMENT 1 DANIEL TARDIEU, *Les petits enfants* (1979), DR.

Les Petits enfants *est une très courte chanson mise en musique et interprétée par Alain Bashung. Elle raconte sur un mode onirique[1] et fantastique la chute de petits enfants qui semblent libérés des lois de la pesanteur et ne se dépêchent pas de tomber.*

Les petits enfants qui tombent du balcon
Toute leur enfance défile dans leurs yeux
Elle est courte et ils s'ennuient même un peu
Alors ils regardent ce qui se passe autour d'eux

Ils s'échappent et volent devant les fenêtres
Ils disent bonjour à tous les locataires
On les invite à venir prendre un verre
Ils disent d'accord

Mais ils ne restent qu'un instant...

---

1. Onirique : qui appartient au domaine du rêve.

DOCUMENT 2 JACQUES STERNBERG, « L'Absence », *Histoires à dormir sans vous*, © Denoël, (1990).

Les nouvelles qui composent le recueil Histoires à dormir sans vous *traitent toutes du même sujet : les femmes. Les textes sont parfois très courts (comme « L'absence », présenté ici en entier) et racontent, souvent sur un mode cruel, des histoires conçues autour d'une chute (au sens propre comme au sens figuré pour le texte ci-contre).*

Il y avait trois ans que la femme toujours aimée lui avait été enlevée par la mort. Il ne s'en remettait pas. D'autant plus amer que sa situation matérielle n'avait jamais été aussi florissante.

Il en arriva à larguer peu à peu, mais implacablement[1], toute envie de vivre et décida d'en finir en se jetant par la fenêtre de son appartement de grand standing. Sans doute aurait-il choisi un autre moyen de suicide s'il n'avait pas habité si haut : 42e étage d'une élégante tour de verre et d'acier.

Il était 8 heures du matin quand il plongea dans le vide après avoir enjambé son balcon.

C'est en passant devant une vaste baie vitrée du 30e étage qu'il capta la vision magique d'une fragile et tendre blonde qui s'habillait pour aller au bureau. Et il sentit, en flash, la silencieuse explosion d'une fulgurante[2] certitude : celle d'avoir croisé l'autre femme de sa vie.

---

1. **Implacablement** : sans retour en arrière, sans hésitation.
2. **Fulgurante** : qui a la rapidité de l'éclair.

DOCUMENT 3 EDWARD HOPPER (1882-1967), *Morning sun*[1] (1952), huile sur toile, 71,4 × 102 cm, Columbus Museum of Art, Ohio.

À une époque où beaucoup de peintres choisissent l'abstraction, E. Hopper propose des images proches de la photographie. Dans des tableaux où la lumière joue un rôle important, il représente des personnages seuls, dans des villes américaines.

1. *Morning sun* : soleil du matin.

As-tu bien lu ?

1 Document 1 : que proposent les locataires aux petits enfants ?
2 Document 2 : pourquoi le personnage principal s'est-il jeté par la fenêtre ? Que voit-il à travers la baie vitrée du trentième étage ?

Un thème : des chutes

3 Dans les documents 1, 2 et la nouvelle « Jeune fille qui tombe... tombe », dis quelle est à chaque fois la raison de la chute, la manière de chuter et les activités pendant la chute.

TEXTES ET IMAGE

4 Pourquoi, selon toi, les textes 1 et 2 se terminent-ils avant l'arrivée au sol, contrairement à la nouvelle de Buzzati ?

5 Relève tout ce qui montre la rapidité, aussi bien au niveau du lexique qu'au niveau du temps des verbes dans le document 2. À l'inverse, relève tout ce qui montre que rien ne presse dans le document 1.

Des textes métaphoriques

6 De quoi la chute est-elle une métaphore dans les trois textes ?

7 Pourquoi Sternberg a-t-il intitulé son texte « L'Absence » plutôt que « Le suicide » ou « La vision » ? Qu'est-ce que cela change pour le texte et pour le lecteur ? Quelle est l'importance du titre dans un texte court ?

8 Pour « Les Petits enfants », l'auteur a pris pour titre les premiers mots du texte. Propose, en le justifiant, un vrai titre à cette chanson, en lui donnant un caractère métaphorique.

9 Si le sujet était le temps, qu'est-ce qui, dans les trois textes, renverrait au passé, au présent et à l'avenir ?

Lire l'image

10 Que nous montre l'image (personnage, décor, lumière, intérieur/extérieur...) ? Comment est-elle composée ? (Comment les différents éléments s'organisent entre eux.)

11 Quelle est l'importance de la lumière dans cette toile ? De quoi pourrait-elle être la métaphore ?

12 Trouve au moins trois différences entre l'image et les trois textes.

13 À l'inverse, note les points communs entre tous les documents.

14 Si le sujet de cette toile était le temps, qu'est-ce qui renverrait au passé, au présent et à l'avenir ?

À toi de jouer

15 À ton avis, qu'attend la femme de *Morning sun* ? Tu répondras en intégrant les éléments suivants : la lumière et la relation intérieur/extérieur.

À l'image de la France et des autres pays européens, l'Italie entre à partir des années cinquante dans une nouvelle ère. Le temps des fascismes et des régimes de collaboration laisse place au développement de sociétés basées sur la consommation et fortement imprégnées par le modèle américain. Croissance démographique, miracle économique, exode rural, autant de nouveautés qui transforment profondément la société italienne.

L'ENQUÊTE

La société italienne depuis 1945

1. Qu'est-ce que le « miracle économique » en Italie après la guerre ? 86
2. Comment expliquer l'exode rural ? 88
3. Quel modèle de société se met en place ? 90
4. Quel rôle la jeunesse joue-t-elle dans cette société ? . 92
5. Comment fonctionne la démocratie italienne des années 1950-1960 ? 94

L'ENQUÊTE EN 5 ÉTAPES

1 Qu'est-ce que le « miracle économique » en Italie après la guerre ?

Bien que ruinée au lendemain de la guerre, l'Italie connaît un fort développement économique et social dans les années 1950-1960. Pour autant, des disparités profondes demeurent, écart de revenus très important entre riches et pauvres et inégalités géographiques par exemple.

● EN ITALIE, QU'APPELLE-T-ON LES « ANNÉES DURES » ?

En Italie, pour évoquer les années 1940, on parle des « années dures ». Ce sont celles de la fin de la guerre et de l'immédiat après-guerre. L'Italie, aidée par le plan Marshall[1], se reconstruit, fait repartir l'économie, développe son industrie... Mais, en attendant, 2 millions d'Italiens sont au chômage et 4 millions vivent de petits travaux. La pauvreté fait rage. Et le coût de la vie ne cesse d'augmenter (60 % entre le mois d'août 1946 et le mois d'août 1947).

● QU'EST-CE QUE LE « MIRACLE ÉCONOMIQUE » ?

À partir des années 1950 et sur une période d'environ 20 ans, la reconstruction est en marche. Le pays s'industrialise rapidement. L'économie redémarre, le chômage baisse jusqu'à quasiment disparaître, le niveau de vie augmente, le confort dans les habitations également, le niveau d'instruction et de scolarisation s'accroît, les modes de vie se modernisent. Pour cette période de prospérité et de croissance, que l'on appelle « les Trente Glorieuses » en France, les Italiens parlent des années du « miracle économique ». Ce sont justement les années qui servent de toile de fond aux nouvelles de Dino Buzzati réunies ici.

● DES INÉGALITES SOCIALES

Plus la société italienne dans son ensemble se modernise et s'enrichit, plus l'écart entre les riches et les pauvres s'agrandit. Dans *L'Œuf*,

---

[1]. **Plan Marshall :** aide financière américaine aux pays européens ayant souffert de la guerre.

L'ENQUÊTE

l'opposition entre Gilda Soso (qui n'est pourtant pas au chômage) et les femmes qui l'emploient est énorme : Gilda a des vêtements « trop râpés » pour paraître une dame tandis que sa patronne paye sans problème 80 000 lires (l'équivalent de 800 euros) pour une simple chasse aux œufs de Pâques !

● DES INÉGALITES GÉOGRAPHIQUES

La société dans son ensemble progresse, mais le miracle économique ne touche pas tout le monde, ou pas de la même manière. Le nord de l'Italie est riche, moderne, ouvert sur le monde et industriel, notamment le « triangle d'or » formé par les villes de Milan, Turin (la ville des automobiles Fiat) et Gênes. Mais le sud, lui, reste pauvre, traditionnel, fermé sur lui-même et essentiellement rural. Les habitants des zones les plus pauvres ont été d'ailleurs amenés à chercher fortune ailleurs.

Le Voleur de bicyclette

Ce film néoréaliste tourné en 1948 par Vittorio De Sica, illustre parfaitement les difficultés de cette époque : Antonio est chômeur depuis plusieurs années, jusqu'au jour où il est engagé comme colleur d'affiches, travail qui doit se faire à bicyclette.

Or, le premier jour de travail, on lui vole son vélo. Pour garder son emploi, il se voit contraint de voler à son tour une bicyclette...

Affiche du film Le Voleur de Bicyclette *réalisé par Vittorio de Sica en 1948.*

2 Comment expliquer l'exode rural ?

Les années 1950 et 1960 sont le temps des migrants venus du sud de l'Italie pour trouver une vie meilleure au nord. À leur arrivée, ils trouvent des villes surpeuplées et vivent dans la misère. Après des années, les plus chanceux accèdent à un appartement dans ces grandes tours qui fleurissent en Italie et en Europe.

● QUI SONT LES MIGRANTS ET POURQUOI MIGRENT-ILS ?

Depuis deux siècles, 29 millions d'Italiens ont émigré, souvent vers la France ou les Amériques, à la recherche de pays plus riches et susceptibles de leur fournir du travail. Après la Seconde Guerre mondiale, les migrations se font surtout à l'intérieur même de l'Italie. Les grands industriels du nord font venir en masse des travailleurs du sud : une main-d'œuvre jeune, peu qualifiée, mais disposée à travailler pour des salaires bas. Ce déplacement, que l'on nomme l'exode rural, concerne 9 millions d'Italiens pour la période qui nous intéresse (entre 1955 et 1970). Logés dans des conditions souvent sordides, ils se retrouvent loin des leurs, dans un lieu inconnu et sans même parler la langue de la région qui les accueille[1].

● OÙ LOGENT LES NOUVEAUX ARRIVANTS ?

Une fois à Turin, à Rome ou à Milan, trouver un travail est plutôt facile. Le plus difficile, c'est de trouver un logement. Face à l'afflux de population, les villes ne peuvent pas suivre. Aucune organisation n'existe pour prendre en charge les nouveaux arrivants, qui sont le plus souvent des hommes jeunes. Alors, avec des matériaux récupérés, ils se construisent des baraques sans eau courante ni électricité, aux portes de la ville : un bidonville. Ou bien ils louent (cher) une baraque déjà construite : ceux qui cherchent à s'enrichir sur le dos des migrants sont nombreux. Pire encore, ils peuvent louer à 5 ou 6 une misérable pièce dans laquelle ils se relaient pour dormir selon le principe dit du « lit chaud » : ceux qui travaillent de nuit occupent pendant la journée le lit de ceux qui travaillent de jour.

---

[1]. En Italie, chaque région a sa langue, l'italien n'est, pendant longtemps, que la langue de l'école.

Main basse sur la ville

Dans Main basse sur la ville, *le cinéaste Francesco Rosi montre comment un promoteur, afin de s'enrichir, parvient à convaincre les autorités de rendre constructibles des terrains agricoles autour de Naples. Pendant les travaux, un vieux bâtiment s'écroule, faisant plusieurs victimes, et une commission d'enquête est ouverte. Le film dénonce à la fois la corruption de la classe politique italienne et les changements dans la ville, qui découlent plus de la volonté de s'enrichir que des besoins de la population.*

Un ouvrier à Milan en 1954.

● QUELLES CONSTRUCTIONS POUR LES CLASSES POPULAIRES ?

Si elles ont de la chance, après des années d'attente et de démarches administratives, les familles peuvent accéder à un vrai appartement, dans les immeubles que les municipalités font construire en dehors des villes, sur d'anciens terrains agricoles. C'est dans un de ces bâtiments qu'habite Gilda Soso, l'héroïne de *L'Œuf* : « un grand immeuble de la périphérie, au milieu des terrains vagues ». C'est ce type d'endroits, caractéristiques de la société de cette époque, que les cinéastes italiens des années 1960 utiliseront souvent comme décors pour leurs films.

● DE NOUVELLES MÉTHODES DE CONSTRUCTION

Un matériau peu coûteux et facile à utiliser : le béton. Des appartements semblables. Des plans logiques, réguliers et répétitifs. Pas d'éléments décoratifs. C'est ce que l'on appelle en architecture le « style international »[2]. Ce type de constructions a permis de loger de nombreuses familles dans des conditions de confort inconnues jusqu'alors : cuisine équipée, salle de bains... ce qu'on appelle le « confort moderne ».

2. On parle de « style international » car dans le monde entier des architectes construisent des immeubles sur ces mêmes principes.

3 Quel modèle de société se met en place ?

L'Italie adopte le mode de vie américain et entre dans l'ère de la société de consommation. C'est le temps des voitures, de la machine à laver, du rock'n'roll, mais aussi des tentations...

● **QU'EST-CE QUE LA SOCIÉTÉ DE CONSOMMATION ?**

C'est le nom donné aux sociétés dans lesquelles les citoyens sont incités à consommer de manière abondante des produits qui ne leur sont pas immédiatement nécessaires. Dans une société de consommation, plus l'on consomme, plus l'on produit. Et plus l'on produit, plus l'on est incité à consommer. La société de consommation se nourrit donc elle-même. Mais elle ne peut vivre que si elle grossit toujours : il faut donc sans cesse produire et consommer davantage. C'est ce qu'on appelle la croissance et c'est ce qui se produit en Italie et en France dans ces années-là[1].

● **SOCIÉTÉ DE CONSOMMATION OU SOCIÉTÉ DE TENTATIONS ?**

Avec une croissance économique annuelle d'environ 5 % de 1950 à 1970, l'Italie découvre un nouveau niveau de vie. C'est le temps du progrès et des frustrations. Ainsi,

Des objets qui changent la vie

Dans les années 1960, entrent dans beaucoup de foyers des objets modernes : l'aspirateur et la machine à laver, mais aussi la télévision ou la radio, qui devient plus petite et transportable. Enfin, bien sûr, la voiture. Ces nouveaux objets modifient considérablement la manière de vivre : la voiture change les déplacements au quotidien mais aussi la manière d'envisager les loisirs et les vacances ; les objets ménagers, notamment la machine à laver le linge, changent la vie des femmes (souvent au foyer) ; la télévision change profondément les habitudes culturelles des gens ; et la radio, notamment à travers les émissions musicales, devient un objet essentiel dans la vie de la jeunesse.

---

1. Comme le dit si bien le narrateur du *Veston ensorcelé* : « Plus on possède et plus on désire. »

L'ENQUÊTE

« *Tu veux jouer à l'Américain !* »

La musique italienne évolue avec la société et en souligne les paradoxes. L'américanisation prônée par les jeunes est ainsi tournée en ridicule par le chanteur napolitain, Renato Carosone, en 1958, avec son tube *Tu vuò fa l'americano* : « Tu veux jouer à l'Américain !/ L'Américain ! L'Américain !/ Mais tu es né en Italie (...) Tu danses le rock'n'roll/ Tu joues au base-ball/ Mais l'argent pour les Camel/ Qui te le donne ?/ Le porte-monnaie de maman ! ».

Marta, la jeune fille que Buzzati précipite du haut d'un gratte-ciel, tombe car elle est attirée par les lumières et les richesses produites par la société moderne. Pour elle comme pour le narrateur du *Veston ensorcelé*, les choses se terminent mal.

● QUELLE EST L'INFLUENCE DU MODÈLE AMÉRICAIN DANS LA SOCIÉTÉ ITALIENNE ?

Le modèle qui s'exporte ainsi en Europe de l'ouest, c'est le modèle américain. Avec ses symboles : le blue-jean, les cigarettes blondes à filtre, le chewing-gum, le cinéma hollywoodien, le rock'n'roll, le coca-cola... Cette influence s'exerce très fortement en Italie car la communauté italienne aux États-Unis est importante et rapporte au pays les dernières nouveautés. C'est surtout la jeunesse qui trouve dans ce modèle culturel lointain des modes d'expression qui lui paraissent modernes.

Jeunes romains swinguant dans les ruines du Forum à Rome en 1960.

4 Quel rôle la jeunesse joue-t-elle dans cette société ?

Après la guerre, une nouvelle génération apparaît. Désireux de se démarquer de leurs parents, les jeunes revendiquent une culture propre, leur indépendance et un fort désir de liberté.

● **QUI SONT LES BABY-BOOMERS ?**

Dans les années 1960, les jeunes sont très nombreux : en France comme en Italie, le nombre de naissances a augmenté considérablement dans les années qui ont suivi la Seconde Guerre mondiale. C'est ce que l'on a appelé le baby-boom. Ces enfants (les baby-boomers) atteignent l'âge adulte dans les années 1960. Ils n'ont pas connu la guerre et ont grandi dans une société en pleine prospérité. Ils ont un niveau d'études bien supérieur à celui de leurs parents car la scolarisation a été prolongée jusqu'à 14 ans[1] et les universités se sont démocratisées et ouvertes aux classes populaires.

● **UNE JEUNESSE RÉVOLTÉE**

Dino Buzzati le montre bien dans *Chasseurs de vieux* : la jeunesse a envie de se révolter contre le modèle de société de ses parents. Les jeunes des années 1960 veulent leur propre culture, essentiellement tournée vers le modèle américain. Ils

Amphithéâtre occupé par des étudiants lors des manifestations de 1968.

[1]. Dans les années 1940 encore il était rare de dépasser l'école primaire.

L'ENQUÊTE

souhaitent une plus grande liberté dans les relations filles-garçons, dans l'habillement (arrivée de la minijupe, filles en pantalon), dans les loisirs, dans les déplacements (invention du scooter en Italie, qui connaîtra un grand succès sous le nom de Vespa). Surtout, ils veulent avoir leur propre culture. Toutes ces exigences se heurtent évidemment au modèle de société des générations précédentes, et entraînent des conflits au niveau familial et, de façon plus vaste, des luttes politiques, notamment chez les étudiants.

● QUE SONT DES « FILLES-MÈRES » ?

Au détour d'une phrase, Buzzati nous parle d'Antonella, la fille de Gilda, en précisant qu'elle est « sans père, hélas ». Ce qu'il faut comprendre avec cet « hélas », c'est que Gilda a eu un enfant hors mariage et que cet enfant n'a pas été reconnu par son père. La société italienne des années 1950 et 1960 (comme la société française) n'accepte pas cela : Gilda est une « fille-mère » et Antonella une enfant illégitime, une bâtarde. La société les montre du doigt et leur rend la vie difficile, à elles ainsi qu'à leurs enfants.

● QUE SE PASSE-T-IL À LA FIN DES ANNÉES 1960 EN ITALIE ?

En France, la révolte s'est surtout concentrée au mois de mai 1968. En Italie, en revanche, elle durera trois ans, de 1966 à 1969.

D'un côté, les ouvriers souhaitent de nouvelles dispositions sur leurs droits, le temps de travail, les salaires... Grèves et occupations d'usines se multiplient jusqu'à la grève générale du mois de mai 1969 qui bloquera le pays et conduira à un nouveau statut des travailleurs.

De l'autre, les étudiants protestent contre la manière trop autoritaire dont se fait l'enseignement, contre le manque de débouchés après l'université, mais aussi contre la guerre américaine au Vietnam. Ils occupent les locaux des universités, font la grève des cours, et participent à de gigantesques manifestations anti-américaines.

Occupation du palais de la Sapienza

En février 1967, les étudiants occupent le siège de l'université de Pise (le palais de la Sapienza). Le texte qui rend compte des longues discussions qui s'y déroulent, « Les thèses de Sapienza », servira de base à toutes les luttes étudiantes de la fin des années soixante en Italie. Il y est dit que les universités appartiennent aux étudiants et doivent être gérées par eux ; que les étudiants et les ouvriers doivent s'associer dans leurs luttes ; que les étudiants doivent participer à la construction d'un nouveau modèle de société.

5 Comment fonctionne la démocratie italienne des années 1950-1960 ?

Une démocratie nouvelle voit le jour et se développe en Italie, tiraillée entre un passé lourd, des traditions ancrées dans le quotidien et une volonté de changement.

● UNE DÉMOCRATIE À RECONSTRUIRE

En 1945, l'Italie, ruinée par la guerre, tourne le dos à plus de dix ans de dictature fasciste incarnée par Mussolini. Se met alors en place un régime démocratique, dominé par la démocratie chrétienne et des partis laïques antifascistes. Malgré de nombreuses crises ministérielles, le régime favorise le développement économique du pays. En 1957, suite au traité de Rome, l'Italie fait partie des six premiers États, avec la France, à rentrer dans la construction de l'Union européenne et s'ouvre à nouveau sur l'extérieur.

● QUELLE PLACE POUR LES FEMMES ?

Le monde des années 1950 et 1960 est un monde sans éducation à la sexualité, sans moyens de contraception, sans droit à l'avortement, sans droit au divorce non plus. Un monde dans lequel la femme est sous la tutelle de son mari pour tout ce qui concerne des droits aussi simples que celui de travailler ou d'avoir un compte en banque.

● LA RELIGION TOUJOURS PRÉSENTE ?

Aujourd'hui, le pape est allemand, mais jusqu'à la fin des années 1970, il était toujours italien. Et le pape vit au Vatican, à Rome. Le catéchisme est obligatoire à l'école. La religion catholique est présente partout dans la société italienne. Dans *L'Œuf*, les plus farouches ennemies de Gilda Soso sont des dames patronnesses, autrement dit des femmes qui se consacrent à des œuvres de bienfaisance au nom de la charité chrétienne. Et ces principes s'élèvent contre la liberté des mœurs, l'amour hors mariage et bien sûr les filles-mères.

Une lente évolution...

Dans les années 1970, la société évolue et des lois autorisant le divorce (en 1970 en Italie) et l'avortement (en 1974 en France et en 1978 en Italie) finissent par être votées malgré l'opposition de l'Église.

À lire

● NOUVELLES, ROMANS ET BD DE BUZZATI

Le K, POCKET
L'écroulement de la Baliverna, GALLIMARD, COLL. « FOLIO »
Le chien qui a vu Dieu, POCKET JUNIOR
Le Désert des Tartares, POCKET
Orfi aux enfers, ACTES SUD BD

● NOUVELLES FANTASTIQUES D'AUTRES AUTEURS

Marcel Aymé, *Le Passe-muraille*

Franz Kafka, *La Métamorphose*, GALLIMARD, COLL. « FOLIO »

Guy de Maupassant, *La Morte et autres nouvelles fantastiques*, HATIER, C&CIE COLLÈGE, 2010

Théophile Gautier, *Le Pied de momie et autres nouvelles fantastiques*, HATIER, C&CIE COLLÈGE, 2009

Les Oiseaux et autres nouvelles à faire peur, HATIER, C&CIE COLLÈGE, 2009

Table des illustrations

2	ph © Jacques Rouchon / Akg-Images	87	Prod DB © Mayer / DR
8	ph © Studio Patellani / Corbis	89	ph © Time & Life Pictures / Getty Images
17	ph © Dino Buzzati Estate - All rights reserved	91	ph © Bettmann / Corbis
58	ph © Bridgeman / Giraudon	92	ph © Fotogramma / Leemage
82	ph © La Collection / Artothek	60 à 83	ph © Archives Hatier

Iconographie : Hatier Illustration
Principe de maquette : Marie-Astrid Bailly-Maître & Sterenn Heudiard
Suivi éditorial : Brigitte Brisse et Mathieu Soulas
Illustrations intérieures : Nicolas Thers
Mise en pages : Facompo

Achevé d'imprimer par Maury-Imprimeur à Malesherbes (France)
Dépôt légal : 94331-7 / 01 - août 2010 - N° d'imprimeur : 157235

Petit lexique littéraire

Allégorie	Représentation d'une idée sous la forme d'une histoire ou d'un personnage (par exemple, la justice représentée par une femme tenant une balance).
Chute	Dans une nouvelle ou un conte, il s'agit de la fin de l'œuvre, une fin surprenante, inattendue et caractérisée par sa concision.
Conte	Récit d'aventures imaginaires destiné à distraire.
Épilogue	Épisode ajouté à l'histoire et situé après le dénouement. Il permet de montrer au lecteur ce que sont devenus les personnages après la fin de leurs aventures ou encore servir de second dénouement, en présentant une conséquence inattendue du récit.
Fable	Petit récit, en vers ou en prose, servant à illustrer une moralité. Chez La Fontaine, le plus célèbre des fabulistes, les personnages de la fable sont le plus souvent des animaux, mais ce n'est pas une règle.
Fantastique	En littérature, un roman ou une nouvelle sont dits fantastiques lorsqu'ils narrent des faits imaginaires, impossibles dans la réalité.
Genre littéraire	Le théâtre, la poésie, la nouvelle ou le roman sont des genres littéraires. Il est d'usage de préciser les termes en parlant, par exemple, de roman policier, nouvelle fantastique...
Intrigue	Ensemble des événements qui forment une histoire et qui maintiennent en éveil l'intérêt du lecteur.
Métaphore	Figure de style consistant à désigner une idée ou un objet par le nom d'une autre, plus concrète.
Nouvelle	Texte de fiction racontant, en peu de pages, un épisode censé s'être réellement passé.
Péripétie	Changement de situation.
Recueil	Livre réunissant des écrits. Exemples : recueils de poésies, d'articles de journaux. Le livre que tu as entre les mains est un recueil de nouvelles de Buzzati.
Satire/satirique	Genre qui consiste à se moquer d'une personne ou d'une chose pour la critiquer et la dénoncer.
Tragique	Registre qui au théâtre cherche à provoquer des sentiments de crainte et de pitié chez le spectateur.